吉本芭娜娜

よしもとばなな
人生のこつあれこれ2012

這樣 那樣 生活的訣竅

張致斌 譯

目 次

Contents

1月

January

1月

我是個嘴巴經常停不下來的愛吃鬼，可是在一月七號前後，卻突然發現，竟然對口腹之慾感到厭煩了。或許是年關將近時嗑了太多別人送的松葉蟹吧。就連最愛的螃蟹我都吃不了多少，想必肚子已經太撐了吧。

於是少食期就這麼突然開始了。

這時期開始之後，不禁有種「以前那些滿腦子只想到吃的日子，究竟是怎麼回事？」之慨，體重減輕，血糖值下降，思慮清晰，血液清暢，酒也喝得少了……若能一輩子這樣維持下去就好了，可惜大體上幾個月便告終，接著到來的是大食期。在大食期，總之就是有好多東西想要吃、想要喝，什麼都要來份大的，大豐收大豐收！酒要一口氣乾杯！由於被諸如此類的不健康心態所控制，總的來說一點也不會變得健康，也瘦不下來。

人到中年，難免會胖到走樣。

一旦多日暴飲暴食，就會胖到讓人開心不起來。脖子周圍和兩條胳臂都明顯長肉。小腹自然也無法倖免。就好像氣球一樣。

不過這種事情可不是鬧著玩的。若是持續下去，有糖尿病家族史的我可就糟了。可是，這種時候多半忙得不可開交無暇旁顧，於是就會墜入即使變胖也不以爲意的惡性循環。

有本出名的書叫《法國女人不會胖》，拜讀之後突然體悟：「人生，還是這種調調好，往後美食就淺嘗即止吧。」心情也亮了起來。對我而言，此書比《打造世界第一美女》要有效。或許因爲作者是工作繁忙又經常旅行的女性之故吧。

雖然原本打算在大食期將屆之時都要一讀此書，卻總是不覺拋諸腦後而進入大食……儘管自己做不到不太好說嘴，但我還是要推薦那本書，非常有效（毫無說服力）。

前一陣子，與兩位非常美麗的女性友人聚餐，一位的男友和另一位的先生都比她們年長許多。席間，兩人同樣表示：「和另一半都不會談論工作上的不順心或壓力，各自設法解決，盡量不要帶回家。」

「畢竟都已經年過半百了，回到家也不好再聊些負面的事情啦！在家裡啊，應該只要放鬆，當個傻瓜就好。聊些開心的事，保持愉快的氣氛就好。」「沒錯沒錯！眞的就是這樣。過了五十歲，可沒法回到家還腦子轉個不停啦。」

聽到兩人幾乎異口同聲這麼說，我覺得，她們之所以受歡迎，並不只是因爲人美，而是打從心底有這種想法。

當然，我仍屬於做不到的那一方。

由於我自己同樣像個男人一樣賣力工作，所以總難免會出現諸如「豈能如此慣縱男人！」之類的情緒。

不過，就我的看法，那是合理的，畢竟沒有什麼事情是適用於所有人或任何男女的。「雖然有的夫妻是無所不談，可是，幾十年下來，自己的事情我都自己解決，與只想輕鬆過日子的夫妻似乎已經不一樣了。當然每個人的情況不盡相同，可是我覺得目前的方式很適合我家。」

她們倆的其中之一這麼說。

這讓我非常佩服，心裡不禁想著，女人之所以爲女人，究竟是怎麼回事。

於是得到了結論。

對女性而言，最重要的可能就在於是否想得開。

這並不是爲了得人緣，或是爲了家庭美滿等目的。

是爲了女性的身與心。

「唉，沒關係吧。」「想太多也沒用，嗯，就吃個點心睡覺好了。」

若是沒有諸如此類的心態，女性的人生恐怕會很辛苦吧。

雖然這麼說可能招致誤解，但我不禁覺得，那些明明並不是不想結婚卻一直沒有結婚的女性，她們的共同點就是「對於善惡或好惡的標準相當嚴格」「在很多方面都非常鑽牛角尖」。

我並不是說這樣不好，只是覺得「若是對於善惡或好惡的標準相當嚴格，與他人一同生活就會非常辛苦」。

慢條斯理、比較隨便、比較漫不經心、偶爾忽視對方的期望偷懶一下，把「唉，沒關係吧」當作信條的人，與他人一同生活會比較輕鬆。

原本我屬於神經質又愛追究的類型，而且，又因曾與各式各樣的人生活在一起而漸漸變得不修邊幅，所以認爲多半是這樣不會錯。

可是隨著年齡漸長，女性若仍是自己一個人，旁人也會有話說，於是會變得愈來愈偏重那「好惡、追究、自我明顯」的部分。

如此一來，男人就更不會靠近……可能會陷入這樣的惡性循環。

即使自己一個人也相當快活而悠哉，覺得無所謂，打算一輩子都自己一個人快樂過日子的女性，即使有了相當年紀，應該也不會缺男人。

這並不是在指責那種認眞、規矩，大體上都很出色，雖然現在是一個人，可是想結婚的女性，純粹只是覺得這是事實。

令人難過的是，這世界就是這麼沒道理，關於善惡，除非事涉法律，否則就是所有人適度磨合出適度的標準來過日子。

職業婦女即使再累，下班回到家，男人雖然會送上一句：「辛苦啦。」卻依然不得不負責洗衣、洗碗、下廚，及之後的收拾，就算要求之後會每天幫忙做同一件事，但身邊的其他家事，當然不會看到了就隨機應變多少幫忙處理一下。

這只是舉個例子而已，比方說，就算發現花瓶裡總是插有花，大概也只會問問：「是鬱金香？是玫瑰？」而後就忘了這件事吧，除非工作與室內裝潢有關或是開花店的人。

因爲這是基因的問題，沒有什麼道理可講。即使白紙黑字訂下家事分擔表卻仍然沒有確實遵守而起齟齬的雙薪夫妻也所在多有，但那也是無可奈何的事情。若是在長年的懇求下自己應該分擔的部分都會幫忙做一點，就已經是萬幸了。這時，我自己也只好看開，把對男人要求的標準降低。是否要像這樣「好吧，就茶泡飯啦」「算了，今天就這樣吧」「雖然沒有打掃，但大致擦拭過一遍也可以了吧」變成一個十足馬虎隨便的大嬸呢、是否該掌握訣竅不再忙得團團轉呢、是否該學會適度偷個懶呢，是不是就多派些體力活兒、開車、或換燈泡之類的工作呢……或許就這麼逐漸變成一對無可替代、順利走下去的夫妻吧。

因爲，男性雖然對於整理自己的地盤會有興趣，卻缺乏照料自己的窩維持整體舒適的本能。女性基本上雖然會有獨自的整理方式，但不論多累都會非常堅持要讓自己感覺到有個舒適的窩。雖然有不少女性習慣凌亂，但我認爲那就是她們所堅持的舒適性。

一旦女性同男人一樣外出工作，就會愈來愈累，因而無暇打造讓自己覺得舒適的環境，愈來愈忙得不可開交，所有事情亂成一團。

人權或者平等這些問題，我無法談論。

因爲曾經在外頭上過班，我很清楚職場中性騷擾的嚴重程度，也曾質疑爲何女性即使更能幹，薪水卻仍然比較少。

但見識過男性在工作上顯露的忌妒、虛榮，及權力世界的殘酷之後，我又覺得還是當個女人比較輕鬆。

話說回來，我認爲，跳開這一切，爲了女性的健康，爲了身體，對待他人還是寬容些會過得比較輕鬆。

「年過五十，人應該都徹底成熟了，遇到問題應該多會直接面對。應該各種事情都能夠分享。所以總希望彼此能充分溝通，在兩人之間取得均衡。」

想這麼說的人應該也很多。

我差一點也會是那種類型。

可是，那多半還不夠貼近眞正的「唉，沒關係吧」。

最重要的一點是，「唉，沒關係吧」的人，雖然家裡會比較髒，很多地方也會顯得雜亂，卻比較適合居住，讓家人的臉上充滿笑容。畢竟還是適合居住比較好，唉，沒關係吧。

人就是這麼會隨興調適，是有機的，複雜的，鮮活的，換句話說就是動物，所以我認爲一切都拋不開。

偶爾收到的電郵或者來信會讓我覺得，似乎有人一直以爲我是有錢人，家事八成都假手他人，很可能平時手都不會弄髒，過著優雅的生活。果眞如此的話，不知該有多好。

作家是一個相當辛苦又不賺錢的行業，家務和育兒讓我忙得狼狽不堪，加上又喜歡動物，家中到處都是排泄物得經常清理，晚餐百分之九十自己煮，最慘的是長時間伏案工作，不但手一直很粗糙，還老是犯腰疼，也經常睡眠不足。我想，人生就是永遠持續勞動吧。

儘管如此，娘家那邊因爲父親無法工作，我必須提供金援，所以什麼也沒有剩下。所謂中年，想必就是這樣的時期吧。

不過，我並不覺得不幸。父親之所以沒有足以養家的儲蓄，是因爲太過老實而出手太過慷慨。一直過著絕非奢侈的生活。因此我是以自豪的心情送錢回去。

「因爲太過忙碌而無法參加ＰＴＡ（家長教師會）的聚會，眞的是非常抱歉！」雖然我心裡總是這麼想，但小不點在學校似乎快樂得不得了，甚至和與會的其他爸爸、媽媽都處得不錯，稍微減輕了我的罪惡感。

這樣的生活經常有些過勞，一旦垮下就會病得相當嚴重。

這回就很慘。不只是流行性感冒，除了和過去一樣無法下床之外，還因爲急性中耳炎而痛得快要抓狂。因爲藥效過強，吃藥也讓我起不來，但又不能不吃，情況眞的是相當淒慘。

臥床的後半讀了松浦彌太郎先生的《不能不去愛的兩件事》。能夠看書也是最近的事，當時實在是痛得連字都認不清，處理電郵也很勉強。

他將自己的一切忠於原貌寫成文章的身影，總是深深打動我。將人們可能認爲是「這傢伙是怎麼回事啊」的事情，光明正大地，形同他的業或者本性一般，直截了當寫下，那高貴的態度讓我想起了昭和的文人。中聽的事情根本寫都不想寫，十足男性氣概，同樣了不起。

他那勤勤懇懇走過絕非快活人生的文章，爲軟弱的我提供了指標。爲了工作，他嚴格限制自己的私生活，以免影響工作。徹底的健康管理足以用果決來形容，讀來相當痛快。

見星期一有人感冒卻邊嚷著難受邊去上班，就會說：「請繳還今天份的薪水。」他這麼寫道。怎麼不利用星期六保養身體呢？他說。

我自覺慚愧。貪多、貿然行事、因過勞而倒下、給身邊的人製造麻煩……就這麼反覆再犯一路勉強走來的我。

我所尊敬的荒木飛呂彥老師同樣徹底執行生活管理，長年持續承受嚴酷的漫畫連載，而我也年近五十，眞心地覺得，差不多也該開始認眞思考了。

臥病的初期，由於無法讀書也無法寫稿，在吃了藥之後的恍惚狀態下，忍著頭疼拚了命準備便當，送孩子和先生出門，無所事事窩在沙發上觀看十點開始的帶狀韓流連續劇，看著看著突然想到，我這十年來都不曾無所事事看連續劇，也不曾上午窩在沙發上。

要不是處理電郵，要不坐在電腦前，要不就是看工作上非看不可的資料或電影。或者讀非讀不可的書。

做自己喜歡的事情的時間幾乎是零，即使如此都還差點忙不過來。就算要做自己喜歡的事情，也會被時間追著跑而匆匆忙忙。

這種情形應該不會長時間持續下去。

因爲這只是人生的一段時期，就拚到極限吧，辦得到辦得到，雖然我這麼想，但事實並非如此。我覺得，人類是一種無論是什麼時候，都需要精神食糧才過得下去的生物。畢竟是反省過，我覺得若是不好好多照顧自己些，到頭來是寫不出好東西的。

忙得不可開交的嚴酷日子，就當是修行吧。

今後必須邊撫慰自己，邊與身體兩人三腳，放慢步調過日子。

這並不是要責備自己，也不是要責備他人，雖然很多事情必須節制，但就從容度過每一天吧。就活得健健康康，寫出好小說吧……感覺到松浦先生的書正輕撫著過度努力的我的背。

聽到有許多人說我：「整個人比想像的來得大號！」讓我非常訝異。身高悄悄來到一百六十五公分，體重嘛……總之就是大。

最近與我要好、陪著到處跑的小紀，甚至比我還要大上幾號。不但個子高，又很苗條，就像是寶塚的成員。

前一陣子去新宿三丁目看電影，歸途中兩人上義大利餐館吃過了時間的晚餐時，突然發現，周遭有許多同志情侶若無其事地混雜在普通人之中。啊，我倆的這種個頭，組合的不尋常度，將近深夜兩個人在義大利餐館用餐的感覺……可能所有人都認爲我們是一對有些年紀的蕾絲邊情侶吧。若是我自己在外頭看著裡面的我倆，一定會這麼認爲吧。無可奈何啊！

帶著自暴自棄的心情，雙手環胸回家去。

2月

February

2月

才覺得已經翻過了流行性感冒和中耳炎的山頭，流行性感冒又二度襲來。若是免疫力差的時候還要跑許多家醫院，可能就會中獎，無可奈何。

唯有好好治療……

吉本小姐在日記上說過要將工作減量，結果卻因爲過勞病倒而自我反省，好像已經好幾次啦？

沒錯，正是如此！

儘管如此，還是稍有進步！

這是因爲，人啊，就只能夠一點一點改進！

本月淨跑醫院。行事曆上也全是醫院。

家族成員個個住院得去探視，還有自己的內科和耳鼻喉科。

最高紀錄是一天跑了四家醫院。這個樣子感冒不可能痊癒。而且對於親人也沒有辦法眞的幫上什麼忙，只能夠幫忙買點想要的東西送過去、祈福、撫慰一下，或只是坐在一旁而已，但一想到除了自己之外沒有其他人，就還是去了。

同時也深深感謝負責駕車的蓮沼。蓮沼女朋友的父親過世時，還勞煩他爲我的親人駕車。雖說是工作，但還是很不好意思，眞的只能打從心底表示感激。

第一次得的應該是新型流感，第二次則確定是一般的A型，所以首度拿到了克流感處方。聽說這種藥有讓小孩子夢囈或跳樓的案例，所以我吃的時候戰戰兢兢的。

服下之後，覺得非常輕鬆。

感覺就像是肉體的訊息與精神被切割分開了。

好比說，早上醒來的時候，發燒到三十九度。

要下床當然相當費勁。

但若深入分析那費勁感覺的內容，當然不僅是因發燒而難受，多半還要加上諸如「啊，得起來了，即使身體沉重，碗可不能不洗。得補充擦碗布、抹布得晾、多少還得打掃一下；然後要遛狗；準備便當、順便處理一下晚餐的材料；那個案子必須回覆，檢查合約、寫幾篇隨筆，接著還得跑好幾家醫院，那時候家人也快回來，得掌握好時間備妥晚餐，也得跟小不點講講話。如果以這種身體狀況去處理這麼多事情，哇~那可多累啊。是不是該找地方小睡個十五分鐘呢……」等「預期事件」所造成的壓力。也就是說，煩惱的重量成了身體的負擔，使得情況更加惡化。

在身心靈書籍中經常可以看到「只做自己想做的事」或「抱持『非如何如何不可』的想法去做事並不好」之類的說法。或許確實是這樣吧。只不過，狗便便就落在眼前，要在沒有「非清不可！」的念頭下去清理，個人覺得未免也太～困難了。所以我覺得，越是那類書裡頭提到的事情，就越不可能立刻解決。若是有朝一日能夠辦到，或許人生眞的會爲之一變吧。

要將時間切分是有訣竅的。

並不是要將狗便便切分（笑），而是要在二十分鐘內將狗便便清理乾淨然後去摺洗好的衣服！啊啊，好忙，其中是否有什麼樂趣存在呢……仔細想想，雖然沒有夢想也沒有希望，但清理工作會令人愉快，在那愉快的心情下看著洗好的衣物，會讓人憶起孩提時代的事情，內心也能稍微打開一道縫。各種事情會無止盡地從那縫隙向外擴展。這時，時間的概念業已消失，該去做的事情似乎變得全都能夠完成。

看起來似乎越是切割細分就會變得越忙，但不知怎地卻並非如此。

放大就簡單了。若是無限放大，「出生、成長、死亡」就了結了。越是放大，不知怎地似乎就越沒有餘地。

同理，諸如「反正還要再用，何必收拾」「反正衣服還會弄髒，幹嘛清洗」「泡了茶得洗茶壺，洗了之後還會要泡，實在麻煩」等等，放大來看，反而更顯得侷促。

事實上，越是細分，隨時有什麼自那些許餘地中誕生的可能性就越高。

我想，人們會將此稱爲信念或者希望。

如此寫來其實沒什麼分量，但就連曾經身處猶太集中營的弗蘭克（Viktor Emil Frankl）也在勝此千百倍的文章中寫過這一點，我想應該不至於有誤。

可是，可是！一旦思考與身體因藥物而切離，發燒達三十九度這件事，與那許多「並不快樂的預期」就變得沒有關係了。該怎麼說呢，感覺就像是因爲很愉快，所以沒啥好在意的。健康的人，難道每天都過得這麼愉快嗎？噫！

我本就身體不好，大約從讀高中時開始就有嚴重的貧血，經常覺得很累，但看來人的心靈與身體似乎並非如此。

換句話說，問題在面對壓力的方式嗎？

既然那可以靠克流感這樣的藥物解決的話，長年因此而苦惱實在是太不值了。

那一陣子，對於家人都因爲流感及其他重病而臥床一事也不再感到不安，而是覺得寬慰，現在大家都還活著，那就夠啦。

因為心情愉快，原本又預定前往馬爾地夫，於是退燒之後便速速前往搭機。

馬爾地夫之行相當昂貴。對於旅行總是選擇特別優惠而且旅館等級也較低的我而言，是嚇到眼珠子都快蹦出來的金額，只好先將定期存款解約。可是，因為這是小不點的夢想，沒有辦法。半年前就已經預約，出發的日子總算來到，然而我卻染上流感，孩子著涼發燒，先生也咳得非常厲害。

在新加坡等候轉機時，全家戴著口罩癱在沙發上的模樣，簡直就像是求生之旅。

可是呢，在服用克流感期間，就連這也變得有意思……

自己的人生究竟是怎麼回事啊？

由於克流感最多只能服用五天，在馬爾地夫的第二天就斷藥，那有如霧靄的沉重感覺又一點點回來了。

直到昨天，起床之後腦袋裡都會存在著一處美好的空間，可是一斷藥，立刻就會想到「啊啊……還得走去餐廳才能吃到早餐、想游泳還得換衣服～」這些事。

但是話說回來，在這狀態下首先耳朵就不好，我還是別游泳了。

腦袋裡那，豐盈的空間。

希望有朝一日，能夠不靠克流感將之取回。

順便一提，在馬爾地夫游泳，身旁的魚多到讓人嚇一跳，感覺就好像一個歐吉桑站在有上百個年輕女孩的澀谷十字街頭！

還有就是鯊魚非常自然地游到了水上屋的下方，太意外啦～

因爲很快就知道在海中的焦慮來自心跳和呼吸加速，很容易就會陷入再次焦慮的惡性循環，但只要明白這一點就可以鎮靜下來。

不過，就算鎮靜，搞不好哪時也會被咬就是了……！

心裡想著過去幸福的每一天而嘆息，爲了總像是癱了一樣將近極限的體力而難過，由於身體狀況尚未恢復，稍微動一下就得躺平。

是那種感覺的一段日子。

讀喜歡的書，看喜歡的韓劇（一口氣看完《燦爛的遺產》！），只能夠藉著這些一點一點恢復活力。補充營養，也讓心稍微振奮一些。

不論焦慮或嘆氣都無濟於事，只能聽從身體，有這種感覺。

飯也幾乎沒怎麼吃，上餐館一定會剩下，很容易就飽、肚子不舒服或是喝醉，沒辦法外食，只能在家裡什麼都弄一點點來吃。

粥、水果、酵素、咖啡、茶、各種湯、巧克力。COW BOOKS*的果麥，附近超美味麵包店的法國麵包。

藉著含有能讓自己滿足一會兒的力量的食物勉力撐著。

在這樣的日子裡，平松洋子女士送來了文旦，這簡直就像是嗎哪一樣直接滲入體內，太驚人了。想必往昔水果就是這樣的東西！可以說威力大到難怪亞當和夏娃怎麼也無法抗拒啊。不愧是平松女士，這文旦實在是水果界最強的。

我發現，還有一件事是決定性的因素。

忽然想到，震災兩天後曾冒著高量輻射仍去光顧的拉麵店就在醫院附近，於是中午就順道過去吃。雖然相當鹹，卻是記憶中的味道。

因爲是家非常小的店，不好意思，就算向我打聽也無法奉告。抱歉。「那寫這麼多幹嘛，讓人好想去啊！」一想到有讀者會這麼覺得，不禁有些難過。不過，在此也必須聲明，我想說的並不是「那家店眞的很好吃！」，才會只寫出關鍵字而「姑隱其名」。若是

＊ 一家複合式二手書店。

要去，希望能抱持平常心低調前往。

雖然一樣有個所謂嘮叨系的頑固老闆，卻是個非常好的人，基於他多年研究、實實在在熬出來的那每一碗拉麵的高湯，如果要形容的話，也許可說是「一期一會」、「時不再來」，或者「只要吃完，均歸圓滿」，是那樣的味道。

「即使不再光顧，也很滿足。可是，如果有機會再來的話，又會從零開始，將空碗送回時，一切又再次結束」一般的味道。

起初我因爲虛弱，好不容易才吃完一碗，還不明白那威力。可是到了當晚，卻忽然發覺，身體和精神不知怎地正有一種久違了的滿足、得到了營養的感覺。

一般拉麵必定會讓人覺得意猶未盡。爲了要客人再來，並不會當場就即刻完結。在這層意義上，所有餐館可以說都是這個樣子。

但是，長壽飲食法（Macrobiotic）的店家無疑就不是那樣。讓人滿足，當場完結。不過度美味，不讓人大量進食，但確實充滿了力量。

如果換成一般的說法，就是鄉土蔬菜料理那樣的味道。冷汁啦、濃備汁啦、豚汁啦，總之就是每天都有而且當場都能暢快吃光，卻是能強身健體的口味。其中所加入的材料，每一樣都很容易在附近取得，每天經過悉心調理而成，屬於當季所獨有的，那種感覺。

所以我自然能夠理解，爲何有那麼多人會追求長壽飲食法。

想吃能夠滿足身體，讓那時間充實地結束的東西；想要靠對身體沒有不良影響、不會給人麻醉藥品一般的印象、沒有強烈誘惑力之物，毫不迷惑地在每一天之中獲得尋常但確實的滿足；想要不讓欲望過度膨脹，平實過日子。會有這一類的念頭。

只不過，我懷疑眞相其實只在長壽飲食法那部分而已。

不論拉麵、家人的烹調、肉，或者蔬菜都好。

想要吃到蘊含力量、能滋養自己的食物，想要吃到貨眞價實、不講派頭、能以時間的流動同樣的速度滋養身體，現在所特有的，靜靜地滿足自己的食物。

只要品嘗過幾次，一定就會明白，那種感覺。

因爲那是人類對於食的眞正欲求。

換句話說，由於現在不論對食材、烹調方法，或相關的處理全都力有未逮也無法補充，想要健康的人才會緊緊追隨長壽飲食一派作爲最後的手段吧。

那家店的高湯自然是機密，只知道使用了令人難以置信分量的令人難以置信的絕佳食材。相當鹹，但那鹽分純粹出自高湯的濃度。所以雖然喝不了太多，卻不會因爲太鹹而想要剩下來。其中的叉燒、蔬菜、和細麵條搭配得恰到好處，讓人想要悠哉地享用而不是狼吞虎嚥。

那高湯會讓人覺得就連心底和細胞都吸收到了什麼。

海龜、貽貝、紅酒、龍蝦、貝柱，或者是花蛤三公斤，店主每日變換、下足了工夫，熬出各種高湯。若是調淡並加入會讓人覺得意猶未盡的材料，應該會賺得更多，卻始終堅持必須使用大量材料才能得到的濃郁高湯。

叉燒的製作也同樣講究到匪夷所思的程度，受到那種待遇，豬可能也會成佛吧。

「讚！」、「好吃！」、「還想再吃！」，要做出這樣的口味意外地簡單。只需把幾種美味的成分加以組合，輕輕鬆鬆就能夠引人垂涎。

更重要的是腹內所孕育的感受。

我認爲，不論是粥或者內容豐富的湯，原本所指向的，就是高湯。全世界的任何料理，都有高湯的貢獻，不論那是何種高湯。所以，我覺得只要吃一點以認眞的態度熬出來的高湯所烹調的食物，便頗能滿足身體的欲求。

經常光顧一段時間之後，我強烈感覺到自己的身體索求那拉麵並視爲完全食品。與受美食引誘而一吃再吃有所不同。感覺像是來自體內深處毫無道理地索求。在恢復的過程中，明顯感覺到味覺漸漸回來了。起初因爲鼻塞和發燒而嘗不出味道，卻也明白那欲求是出自本能。由於情況緊迫，還眞有那種一口高湯可以讓自己站個五分鐘的感覺。

想要帶給人們什麼，而自己在那過程中以及口味方面得到快樂與滿足，讓人生無怨無悔，店主抱持這種心態所熬製的高湯，像是能直接爲我補充生命的能量。

再度過勞而啪嗒倒下、欠缺自我管理能力的我正在反省，而這也是個讓我重新思考「該給人們吃些什麼」這件事的良機。

行文至此想起，剛才與蓮沼碰面。

「果然，我覺得食物讓人滿足的關鍵以及體重控制的祕密應該就在高湯。」

他的話嚇了我一跳。

經常光顧同一家拉麵店或許是很重要的原因，但蓮沼前一陣子竟然買了柴魚刨刀，還遠赴小梨採買味噌。我有預感，或許不若我這麼切身，他卻比我更接近高湯這東西的本質。

果然，以後就靠高湯了。是否該和蓮沼一起成立個高湯教啊……

週末大家一起品嘗高湯，靜靜地冥想（還是不要好了）。

一位交情不錯，曾任護理長的老太太曾教我一件事，就是：

「睡衣與外出服之間隔著一道牆，而且出乎意料地厚」。

出院返家依然倦怠還得躺著、尚未恢復健康的時日，如果換上外出服的話，可以帶回相當的氣力。

自某一時點起，我開始想要換上外出服。

在那之前，穿著睡衣勉強撐著，出院返家之後立刻換上睡衣躺著，調理虛弱的身體。動念更衣之後，總有人會問：「那是睡衣？」就連只有五斗櫃的我，聽了都不免竊喜。

前不久，有一段非常忙碌且經常移動的時期，如果再對衣服挑三揀四就太不像話，所以我覺得，樸素也無妨，隨便一點也好，素面也沒關係，只要不顯邋遢，穿什麼都可以。

如今回想起來，當時一定相當疲累吧。

原本認爲，即使不是華麗或昂貴的衣服也沒關係，想要穿上有顏色的衣服，想要在搭配上費點心思，這種心態完全就只是浪費時間。甚至覺得老在意別人的目光一點男子氣概（？）也沒有。但這終究是個錯。在恢復的過程中，最想做的事情，就是打扮一下讓自己不至於太不像樣。

即便是原本冬天大概就只有三種類衣服搭配著穿，怕麻煩又怕冷的我……也都可以變換一下坎肩、襪子、或者皮包的顏色。

因爲馬爾地夫溫暖，所以我每天都換穿久違的鮮豔洋裝。

不論年紀，與體型也沒有關係。抱持這種對穿著的意志，修飾儀容，選雙鞋來搭配，端正姿勢，傍晚換了衣服化好妝外出用餐。僅僅如此，人生不知就會變得有多充實。

由於突然前往夏日的世界，這種心情也隨之甦醒了。

就算成了歐巴桑，也要好好打扮，簡而言之，我的服裝要以嬉皮風和休閒風居多，但那和不修邊幅可截然不同。打扮這件事，遠比我原本以爲的要重要得多。不是爲了他人而打扮，是爲了自己，我打從心底這麼認爲。

白天可以一個人獨自使用的地方，到了下午會有人來。

晚上則只能和家人共享同一空間。

由於我在其中工作，實在是夠受的了。

會有「那多苦悶，我只想在自己專屬的空間裡依照自己安排的順序做喜歡的事情！」念頭的人，想必都會選擇自己一個人過日子吧。我偶爾也會這麼想，一個人去喝個茶，在陌生的城市獨自走進陌生的店家，品嘗安靜。

可是我也明白，即使再煩躁，若眞的變成只有自己一個，大概也不會那麼認爲吧。

或者說，眞的只想待在專屬空間裡做自己喜歡的事情的人，到頭來會因爲其他事情而更不好過吧。

我以爲，這種結構，是由人類的良心所組成的。

有的時候有別人，有時沒有。

有別人的時候夢想擁有安靜的空間，沒人的時候又覺得有人的時候比較幸福。人就是這麼不知足。

若是覺得不滿就沒完沒了。會從頭到尾盡是抱怨。

但反過來說，如果眼睛只朝向幸福，就會在不知不覺中在幸福裡打造出幸福的預備隊。

如果抱持善念而將自己關在感謝之籠內，就會慢慢看不到外面生氣勃勃的繽紛世界。

這些事情都在於均衡，就如同體內流動的血液與心臟的跳動，只要活著就不會停止，一切都持續動作，若無法常保均衡就會寸步難行。

如果抱持「只要滿足了某某既定條件，就會稍微快活些」的念頭而有所堅持，反而會更加辛苦。

那邊稍微刪減一點，用那裡出現的東西稍微塡補一下這邊……一輩子都必須獨自思考而後行動。思考，行動，依據從周遭獲得的回饋狀況作決定，然後再行動。

做得不錯嘛，我心裡想。

就好像有人說來到這個世界是爲了學習。

如此一來，實際用功與否就無所謂了。

一旦認定「只要擁有這些，只要珍惜這裡，就不會有問題」，好好地只與信賴的事物緊密過生活，像是那位話題人物的「錢越用越少」啦、「父母也已經不重要，因爲如今這些人才是實際的親人，就盡自己所能吧，想必這才是我所能做的……可是日後該如何面對眞正的家人呢」啦、「房東是本木雅弘，事情可能會鬧大吧」啦、或者「會不會給福山雅治造成困擾」等等問題，我覺得就都可以不必去理會了。誰要相信命運要喜歡什麼或許都是好事也是人家的自由，但若是過度的話，最後終究會失衡。

啊，這不過是舉個例子而已，實際情況如何就不得而知了！

3月

March

3月

這個月的事情說來就只有一件。

「父親過世了。」

啊，我心頭一驚。已不再有什麼事會讓我覺得可怕。當然，往後的人生還會遭遇各種狀況。可是，在可以預料的事情中最可怕的一件已然結束。

父親平常就像是「身邊眾人的大家長」，雖說年事已高，但是對「身邊眾人的大家長可是自己的父親啊！」的我和姊姊來說，感覺卻像是人生被挖出了一個大洞。

「僅是站在醫院的玄關就想吐」、「每次要去醫院，心裡都會覺得空虛想要逃避」不論我或是姊姊每天都這麼說。由於母親住院，每天都必須前往同一家醫院探視，可是心卻在飄移，根本無法好好待在那裡。

可是，也不知爲什麼，既不想哭也不覺慌亂。

雖然心裡明白別離往往就是如此，但「明知將要別離的見面」這段時間最是煎熬。只覺得如今只不過是使不上勁而已。也深深覺得氣力應該會逐漸恢復吧。

死亡和戀愛的別離一樣，必定會尋思若是那樣的話如果這樣的話，好一段時日腦袋裡滿滿的就僅是這些，讓自己染上一層灰暗的色彩。這和「上個禮拜的現在還在，上個月的現在還見過面，只要在這種心情下就連看月曆都辦不到」的情形很類似。和「若是能夠回到從前，什麼都願意做」的念頭也很類似。

明明就非常想哭，可是不論守靈或者告別式卻都沒有哭出來，也許是因爲之前已經哭得太多了吧。這一個月，因爲哭太多，朝耳朵供應了過多的鼻水以至於中耳炎絲毫不見起色。

儘管如此，自己在父親的遺體前竟然沒有哭，我還是非常詫異。

當場，就只有一切都處理完畢之後的心情。

並不是不接受，也不是已經克服了。

只是最難過的時期過去，已經流不出眼淚了。

而且再怎麼說，看著活著受苦的父親，要比看著已經辭世的父親更令我想哭。

當然，如今每天都會有突然眼淚就要流下來的情形。這是很自然的事情。可是，並不是覺得什麼也做不到，而是不知該說是體內或者基因，感覺像是那樣的部分在深深感到難過。

之前，一位非常親密的友人在喪父後曾這麼說：「自己竟然號啕大哭，這反應讓我非常訝異。自那之後，生活之中最有意思的就是觀察自己在遭遇各種事情的當下會有什麼樣的反應。」雖然反應正好相反，但我也有同樣的感覺。

以前為什麼會有想看看未來的念頭呢？這麼有意思的事情，不論會多麼艱苦、多麼驚險或惴惴不安，絕對還是不要知道比較好。

我是真的打從心底這麼認為。

有種如夢初醒的感覺。

當然，在心理諮商聽取建議這層意義上，往後還有機會遇到許多有通靈能力的人，可能還是會很興奮地請他們幫我看看。只不過，想要知道未來的念頭、想要知道會發生什麼事的念頭，卻像是底部突然穿透了似的消失無蹤，令我訝異。

正因為未知，人才會努力；唯獨未知，是僅擁有有限時間的人類，手中唯一的自由。

我想，那才是真正的知吧。

這些年，每次看到報紙的訃聞欄，心裡都會想：「在不久之後的某天早晨，我會邊哭邊看這個。」每次去醫院時也會想：「啊，我也快要去這走廊那頭的太平間了。」

事情並不如自己所想，也令我訝異。完全沒有料到，那一刻，我竟然身在香港。所以既沒有看報，也沒有去太平間。所以我也很清楚，預期是一種很沒有意義的事情。

在香港接到「病危，情況更加惡化」的通知，我心裡邊想著再一晚就好，邊同家人和小郁一起喝啤酒吃洋芋片。

我平靜地面對父親的事，由於無法改換成更早的班機只能看開，在夜間典禮的重要工作完成後的清爽心情下，雖然一心祈求父親能夠撐下去，大家臉上仍然帶著笑。突然間，房裡霎時一亮，在只有四個人的房間裡，小不點卻數錯，說「這裡有五個人」。所以我會覺得那或許是父親辭世的時刻，一定是過來看我們了。

在香港迎接的翌日很不可思議地非常愜意。

一旦看開，覺得沒有必要再行色匆匆、溫暖的空氣、香港那如同孩提時代與父親度過的昭和日本一樣的熱鬧活力、各種美味的小吃、專屬於自家人的時間。現在回想起來，那是最美的追悼時間。雖然幾乎沒睡，卻覺得一直被溫暖晶瑩的光所包圍，彷彿父親就在身邊。

假若當時是在總是家務繁多的自家，就算搭計程車也來不及趕赴的那一夜，想必會非常失落非常煎熬吧。

我知道，接下來的內容，尤其是醫療相關人員，看了可能會不高興。

而且我也深深能夠理解。

所謂第一線就是這麼回事，每個人都筋疲力竭，不論身或心的狀況都沒有餘力去在意是生是死。

也明白，我要寫的事情，就好像在戰場上說出「我們吃飯吧，桌巾在哪兒？」這種話一樣。

此外我也認爲，有許多狀況是因爲個別的機構所造成。

因此，希望各位能夠理解，這純粹只是我個人的經驗與感想。

在照顧身體方面，父親實在太過遲鈍。總之，我覺得他對待身體總是非常笨拙。在手腳已經不太靈活之後終於開始注意健康，卻又發生嚴重的意外——在海中溺水。

那溺水的經驗就像在拳擊場上挨了重擊一樣，對各部位都造成影響，令父親更爲衰弱。

儘管如此，父親依然很努力。雖然是自己人，但那分韌性卻值得尊敬，絕無誇大。每天自己按摩全身，拉筋、盡力保護微弱的視力、天天測血糖、能走的時候就盡量走走，而且在家絕對不使用輪椅。

一方面將姊姊和父親都很喜愛的咚兵衛泡麵啦、明星一平泡麵啦、炸豬排等等界定爲消遣解饞用，一方面爲他準備營養均衡的飲食，雖然明明偏好油膩的食物，但我想應該都有確實吃掉。

晚年，孫子回來時會一同開心地吃飯、聊天、拌嘴笑鬧，度過許多美好的時光。

儘管孫子懂事之前身體就已是突然離世也不奇怪的狀態，又經歷過大腸癌的折磨，卻仍留給我許多時間。

母親因爲兄長過世而食不下嚥的時候，決定讓母親住院的也是父親。

「要是再這樣下去不想想辦法，我覺得就算是虐待了。」父親說。當然，沒有任何人虐待母親，竟然用這種方式來表示母親正在虐待自己，我覺得實在了不起。

雖然父親臨終時我和姊姊都未隨侍在側，但不知怎地，母親碰巧因爲骨折入院，住在同一家醫院同一棟大樓的屋簷下。直到最後仍保全爲同在屋簷下的夫妻，眞是美好。

那並非思想上的美好，而是身爲人的美好。

即使已經處於藥石罔效的狀態，聽到我們說「要加油喔」，父親仍會連回好幾聲「嗯，加油」。還能聊天的時候曾對我們說「如果經濟有問題要講啊」（而姊姊後來吐槽『那種情況下的他講有什麼用啊～』）。爲人父者就是如此吧。

坦白說，我的內心話就是，您辛苦了。

若是如此，爲何父親的死會讓我覺得苦呢？

父親就像是美洲原住民的長老一樣，年紀越大越是一號「只要人在就好」的人物，大家都會來探視。雖然腦袋多少有些不清楚，卻依然受尊敬。我原本以爲他是否會走得更快。依照病情來看，最有可能的就是哪天早晨因爲晚起，血糖過低，就那麼撒手。我也一直有這種心理準備。但這並沒有發生。

如今我依然會這麼想。

想著，父親是不是仍有生命力，能夠再多活幾個月。

至少我也有幾個月的餘裕。

一月變得無法吞嚥時，我這麼想：明年的一月，可能人已經不在了吧。

可是，我覺得多半還有幾個月的餘力。

但因發生了院內感染等多項意外事故，讓我覺得時間提早了。

多麼令人遺憾啊，想到這個，我仍然有些懊悔。

如今，過度付出、受傷過度的姊姊和我都虛弱疲憊、低落頹喪地熬了過來。雖然各自的歷程不同，但我覺得家人眞的也都非常努力。

姊姊自己的身體狀況也不好，仍然每天去醫院探視；我每個禮拜去兩次，並且每晚花一個小時專心祈禱。祈禱時用類似導線（只能夠這麼形容）連結著祈禱，父親有時會像是釣魚一樣猛地拉扯。父親發燒的時候我也會發熱，手或肩膀疼痛時我也會疼痛。

父親過世前一個禮拜的深夜，我陷入類似出神的狀態，邊嚎啕大哭邊胃痛得滿地打滾。那個時候，我覺得父親的身體狀況大概已無法挽救了。

這只能對與我非常相合的人才做到，而且會累到全身無力，不得不佩服以靈能治療等等爲業的人，可眞是了不起！

早上醒來時，我的身體總是像死人一樣硬邦邦的。

父親去世之後，這種情況就沒有了。我認爲果眞是付出了什麼。減損自己獻給父親。

不過這樣也好，我還想奉獻更多。

爲何父親會沒有力量去克服重重的意外事故，依我的看法，是因爲這些年來，父親眼睛看不見、無法行走、吃得越來越少，父親最喜歡、最享受的事情無一做得到，「精神儲蓄」已逐漸耗盡。

父親最喜歡的事情有：散步，閱讀，寫稿，以及吃。還有就是有愛貓，法蘭克作伴。但在晚年這些全都沒有了。法蘭克先死的時候，父親那悲愁的模樣讓人看了都覺得不忍。

還想再做這樣的事，因爲有這樣的樂子，所以活著。我想，人就是這麼簡單。孫子很可愛，爲長女的病操心，煩惱次女是不是又寫了什麼怪東西，那當然也是一種力量吧。可是那投入工作的人生、一直有貓相伴的人生等等個人的喜好一個也不剩，即使因爲受到大家愛戴而說會繼續加油，其實已辦不到。

那眞的是令人非常遺憾的事，寫著寫著眼淚都快流下來。

可是，希望各位能夠銘記在心。我也會這麼做。

自己的快樂儲蓄，只能夠靠自己。無論其他人如何思念那個人，都無法爲他提供協助。而快樂的儲蓄直接連結到生命力。

所以，需要些什麼才能讓自己喜愛的事物長久維持下去，希望各位能夠提早準備。就算那是非常微不足道的事情，就算那是對身邊的人沒有任何助益的事情，不論什麼都好。

在最後的時日，父親雖然腦袋有些糊塗而且變得有了些異能，甚至能看到無形世界的事物，有許多「這種話在別人聽來可能會覺得腦袋糊塗又離譜，其實是直指另外一件事吧」事實上相當正確的發言。我還想再多聽一些。

讓我感覺像是遺言的話，與我家小不點有關。

小不點有幫父親調製飲料的習慣，不過那只是將蜂膠、醋、寡糖、碳酸果汁等等非常多東西像在調雞尾酒一樣胡亂加在一起，甜得超乎想像，但父親多半會說非常好喝。

於是有一晚，他對我們夫妻倆這麼說：

「前陣子小不點來過夜的時候，看著他調配飲料，我漸漸明白那孩子的自由度遠遠超過想像，是我們所望塵莫及的。雖然我自認以前也讓妳們相當自由地成長，可是小不點卻是個令人難以置信、更加更加自由的孩子，爲了不要破壞這一點，我覺得一定得非常小心才行。」

我們夫妻倆隱約知道他想說的是什麼，便回答會盡力去做，父親聽了笑著說：

「我今天非常滿足。」

那笑容讓我心疼，一輩子都不會忘。

「雖然我覺得妳什麼話都說得直截了當這一點不太好，不過妳漸漸也成爲有分量的人物，應該可以放心了。」關於我，父親這麼說。我覺得這也非常寶貴。

父親最後讀到的我的作品是《橡子姊妹》。

「剩下就是讀者個人喜好的問題了，我覺得妳已經達到了相當的水準。」父親這麼對我說。

工作的話題就此打住，接下來，我們又恢復成普通的父女。

最後回娘家見到仍然硬朗的父親時，父親臉上一直帶著笑。還唱了歌。並且說起被祖父視為草莽英雄的人物。邊吃著最喜歡的山藥豆，邊提出「這是怎麼形成的？」、「既然是野生的，有什麼動物會去吃呢？」等等問題。為父親按摩之後道別的那天晚上是最後一夜，眞是太好了。

「我們回家一趟吧。」我在醫院這麼說，「這個樣子，已經到哪裡都一樣了。」父親說。「抽痰是老年人的例行公事，忍耐一下。」聞言，他對我笑了笑。雖然這顯示父親已經清楚了解自己的狀況，卻不說喪氣話。

只不過身體似乎已經跟不上了。

原本希望最後的最後能將管子全部拿掉，可是我卻連這也來不及說。這也是憾事之一。

並不是要說管子有什麼問題。但也認為若是情況眞的那麼不好，不論哪個部位是否接著什麼都沒有差別。

可是到頭來，基於「脖子插著點滴管，鼻子還插著灌食的鼻胃管，爲了灌入營養品，必須先灌點溫水暖暖胃；因爲無法造血，也必須輸血；會發燒，所以頭部和腋下都得好好冰敷；爲了化痰而戴著吸入器；手會因爲想要把管子拔掉而亂抓，最後只好戴上乒乓球手套約束帶束縛在病床上」等等情形，怎麼想都是不可能的事情，而且我覺得，若能夠將身上這些處置全部妥善整合，病人也會健康得多吧。

我並不是要說醫療方面有什麼問題。只不過，原本就很衰弱的人，這些就算只接受一次，不論身、心可能都吃不消吧。

父親頭腦仍清楚的時候，就對以過度理想的理念營運的安寧療護機構抱持強烈反感，似乎想要待在熟悉的所在，而且不論怎麼勸都不爲所動，我雖然只是竭力默默看著，每次卻都是難過得哭著回去。

每次要挪動已經逐漸變硬、變得冰涼的身軀，父親都會叫喊，似乎相當痛苦。即使如此，看護師仍像在搬行李一樣大動作使勁爲父親翻身。因爲自己沒有力氣，也無可奈何。又因爲還有其他超過百名病患，沒辦法每一位都小心關照。情況就是如此吧。若是院方表示如果有意見，就請家人自行二十四小時看護，這我們也做不到，所以才會住進來，實在無可奈何。

即使如此，還是讓我非常難過。

父親明顯已經聽到問話只是沒有回應，値班人員卻會扯開嗓門在父親耳邊大吼。不斷用力戳著臉頰直到回應才肯住手。這也讓我很難過。

雖然我很想說：「人都已經快死了，麻煩動作稍微溫柔一點。」可是她們並沒有惡意，而且看到那疲累之下依然盡力開朗工作的模樣，就開不了口了。因爲是這麼學的。她們覺得生病的人比較遲鈍，所以不可以沒有確認反應就離開病房。非得等到有朝一日年老將死，她們才可能明白吧。

當然也有體貼的人。主治大夫（堀江醫師肖似哆啦A夢，所以姊姊私下都稱他活力A夢*……）對我們非常關照。

見到這樣的人的日子，我都能夠非常放心地回家。各種類型的主治大夫都有，這也是理所當然的事情，畢竟這裡是醫院。

因爲被告知別再由口進食，但可以舔舔蜂蜜，將太古之水滴進嘴裡，至少還可以這

＊　堀江發音爲horie，與「哆啦A」諧音。

麼做。

只不過，就是很難過。僅是自己每天做著像在確認人類是超乎想像的精密構造所組成的工作，僅是看在眼裡就不禁胃痛。

「那樣眞的好嗎？」是現在去醫院看護的我們每一個人都會思考的問題，而且在目前的時代仍找不到那答案。

所以，我不得不思考，自己到了那時候會是什麼情況，又該如何是好。

在現代，自然死亡是很難得的一件事。就是這樣的時代。

就如同若是不持續注意調整身體狀況，頭一胎要自然分娩就會有困難，想要自然死亡也必須小心謹愼才可能達成目標吧。

最後一次探視時有朋友陪同，我正因「香港大概還是會去，可是之後的英國之行是否應該取消？」而苦惱。已經有了心理準備。可是朋友卻爲我打氣：「令尊本人並沒有放棄，妳怎麼能放棄？」也幫忙爲父親加油打氣。很像是以前的尋常時日，在父親的病房與朋友閒聊了很久，而且最後帶著希望道別：「老爸，我很快就回來，週六會帶小不點來看您喔。」不似平日總是哭著離開。

未能說出已有心理準備的問候令人遺憾，但在仍有未來的氣氛下相見卻是最美好的事情。

之前父親就已經都表示過。一是感謝，二是希望可以別太早離開。

畢竟就只有現在了啊，父親心裡應該是這麼想的。因爲父親非常不喜歡別人因爲自己而變更計畫。

對於未能如期在週六前去探視，讓父親在無人的病房離世一事，要說不難過是騙人的。可是，這個世界上最令人難過的是，沒有任何人貼近自己的心。在這層意義上，父親是幸福的。因爲我和姊姊的思緒都二十四小時一直繞著父親的事情打轉，而且父親也受到眾人愛戴。父親這個人非常誠實，言行一致，一生毫不虛假。要說有什麼問題，就只有不靈巧這一點，而且最後因此而縮短了壽命。不過這也給人一致的感覺，而且沒有人是完美的，這也是理所當然的事情，沒有辦法。

死亡之旅就和生產一樣，到了最後的最後，都是一個人的旅行。可是我覺得，即使物理上是一個人卻不孤單，正是人生的醍醐味。

父親走後才知道，回憶最多的往事是，小時候一同旅行、參加各種活動的事情。所以，孩子年紀還小的現在，我更應該好好珍惜家庭時間。

儘管在青春期曾覺得「爲什麼到了這個年紀還非得跟父母一起過夜旅遊啊」，卻仍然參加了每一次的旅行，現在回想起來眞是太好了。青春期是「只想做想要做的事，想要自己作主」的心理最強的時期，但事關自己和自己的孩子，不論是爲了當下或是爲了往後自己走了之後，我覺得都應該確實留下回憶。

哭著哭著眼前變得一片黑暗，在這狀態下獨自從五樓走樓梯下去，來到醫院門口，兼差當司機的蓮沼受託在那裡等著，上了車，一路強忍著哭，回到家已疲累不堪，倒頭就睡。而後醒來，回到準備明天的便當和做晚飯的日常生活。簡直就像是自己的身體受人控制自動去完成家事和工作。雖然現在相當程度依然是自動駕駛的狀況，但是緊繃度與當時已無法相比。

這個時期的種種，姊姊有非常獨到的形容。

「就好像呼吸一樣，只能夠一件一件去消化處理。」

的確就是這種感覺。

唯一能帶來快樂的事，就是全家一集一集觀賞劇情懸疑、高潮起伏、讓人好奇後續發展的《燦爛的遺產》。因爲非常有意思，看著看著就能讓人暫時忘掉一切。會覺得劇中人眞的就像是自己的親朋好友。一家三口都成了昇基迷，將他的戀愛情事當作我們自己的事情一樣爲他加油打氣。

有了那段時間，外子、小不點，和我才能夠如此凝聚在一起，那是多麼溫暖的時間，多麼有幫助。

因爲就那一個小時，可以讓我忘卻父親病危的事情，著實得以補充前去探視照護父親的能量。

「看完這齣連續劇，有什麼也會跟著結束。」

直覺不斷這麼盤著我，不過今天還沒有結束，明天還有得看，想到這裡就能夠勉強撐下去。就和「父親今天還活著，明天還能見到，所以現在別去想就好」完全是一樣的意思。

看過完結篇後的次日，我陷入恍惚幾乎什麼事都做不了。

如此一來，夢已結束，待香港之旅回來，就只有爲父親送行這件大事在等著，想到這裡，就怎麼也提不起勁。

可是父親竟走得比原本預估的要早。

所以，那段期間多少覺得比較幸福有多麼重要，如今回想起來，時機實在巧得令人有些慶幸。

有了這層經驗，我怎麼也提不起勁去堅持只走純文學之路。

一個人，為了其他人，而且是極其普通的一般人所製作的娛樂，不知包含了多少愛。

我想，那就和家庭主婦、或者任何一家餐飲店烹煮飯菜是完全一樣的。我最喜歡這種淺顯易懂，很難被視為藝術、天天消耗的技藝了。即使與諾貝爾獎無緣、即使無法名留青史，也希望自己的作品能夠如此。

所以，對於在震災之後隨即光顧高檔餐廳的事一點也不覺得後悔。

認真經營的餐廳，食材因為沒有客人上門而過剩，想到就讓人忍不住採取行動。這樣的餐廳，自然是透過可信賴的管道向東北地區採購食材，若是結束營業，那邊肯定也會受影響。社會上必然存在著各種連結。

雖然「有好多人因為地震而被迫住在避難所，所以自己應該放棄奢侈的外食」這種想法非常合理也很正確，但若強迫所有人都這麼做，最後說不定會對災區的農家造成打擊。

一旦終止了某種作為，某處就會被打斷。什麼會在哪裡會以何種形式連結，什麼能夠拯救自己、而自己又有什麼行動能夠拯救別人，其間的因果關係並不是簡簡單單就能夠釐清的。

所以即使自己的行動雖小，也希望能考量到最後一線，抱持善意，並且盡量小心。但因爲是人，即使如此最後仍然可能傷害別人，所以我希望能盡量在自己能力所及的範圍內，找出無論如何都想去做的事。不要因爲表面的理由，而扭曲了大家一同分工、接力、奔走、建構起來的東西，要能夠經常傾聽當時身體的聲音或直覺深處所發出的聲音，這是我的看法。

眞心誠意想要供應美食的餐廳員工，爲了讓客人度過滿足口腹之欲的兩個小時幸福時光，爲了不損傷這份回憶，不知消耗了多少人生投注了多少氣力。我很清楚這一點。

與電影不同，連續劇的確比較通俗，全都是熬夜加班拍攝，匆匆忙忙，完全是爲了娛樂而製作。檔期一結束就不會留下，只是順著時代不斷流去的作品。

可是，我喜歡唯有那兒能夠產生的力量。其中發生的些微短暫奇蹟會化爲力量。

而已經變成大嬸的我，就和其他大嬸一樣，無法靠時下日本年輕人那能量低落的體魄和態度來充電。韓國人所含的人類能量不知給了我多大助益。

風水輪流轉，或許不久之後那個國家也會和今天的日本一樣爲倦怠感所籠罩。

可是，希望他們能夠不要忘記最重要的是人的力量，若是日本人也能取回那種力量就太好了。在韓國的綜藝節目上，可以看到非常鮮活的情感之力，男孩子運動著肢體哈哈大笑，女孩子認眞追求美麗，自己天眞無邪的年紀時身體的感覺也會隨之甦醒。日本人只曉得用腦而且已經用腦過度啦，我這麼想。讓人覺得每天只要想著如何過得更快樂就好。所謂快樂，並非安全而平穩，也不是亢奮，純粹是一種生命正在運轉的感覺，但可悲的是，在現今的日本，眞的是不論到哪裡都很難看到了。

父親意識仍然清楚的最後時日，我和父親都明白，這多半是溝通心意的最後機會，並害怕到想要逃避的程度。父親自己就曾這麼說：

「目睹父母去世其實並不是件可怕的事。不過，在經驗過之後我一直覺得，那是其他事情難以取代的大事。若是逃避此事，往後的人生，就會不斷逃避各種事情。」

眞的是這樣。但這所指的並不是臨終。而是看著父母逐漸衰弱死去，並且接受那進程。就如同花朵慢慢枯萎，蔬果漸漸腐壞一樣，看著自然而無法阻止的某事，就只是接受而已。

在推特上已發過很多文談過，在父親恢復清楚意識之前那一次前去探視的時候，我坐一旁只是爲昏迷的他摩挲身體。

正做著時，不知怎地腦袋裡竟然漸漸浮現電車將要通過鐵道陸橋的影像。陸橋、河流、山谷、過橋……難道，這意味著大事不妙了嗎？想到這裡，我認眞地摩挲父親的身子，然後握住他的手。父親也緊緊握住我的手。

當時那不可思議的感覺實在是難以形容。彷彿自己有一半到了另一個地方，變成半透明。而且電車正以非常平穩舒適的感覺通過陸橋。周圍是蒼鬱的山巒，美麗的溪谷，優雅的飛鳥，天很藍……

只覺得我正跟著父親前往某地旅行。

記得要離開病房的時候已經幾乎無法站立，筋疲力竭回到家。

而後下一次前去探視時，父親的意識清楚，反覆說著：

「就在即將渡過三途川的時候，芭娜娜小姐從上方發著光靠過來拉我一把，然後就回來了。要是能更清楚分辨已經大致了解、和還不了解的東西，大概就能明白，再往前一步就知道了。」

我眞的是嚇了一大跳，竟然感應到那種事！

「反正只要好好活著就對了，我還不要您走。希望您能活下去。」

我說。
「一旦上了年紀，就老是會重複相同的事情，我知道大家也都這麼覺得，實在丟臉。」父親說。
「沒那回事，只要活下去就好。一個人的評價不是決定於他能做什麼，而是在於他是什麼樣的人，別想太多。」我說。
「說得也是。」父親點點頭。
接著我說：「所以您只要活下去就好。」
「要是大家都這麼想，那當然沒問題啦。」父親說著笑了。
離開病房時，我害怕到雙腿發抖。
一是覺得聽到了嚴重的事情，二是雖然覺得自己做得不錯，卻隱約知道完成了這次之後接下來會有什麼事在等著。即使不願承認，內心卻怎麼也不會湧現康復或是出院之類的畫面，我甩開這個，覺得還不會有問題，然後又變得意志消沉，就這麼反反覆覆。
這種經驗，每一個人都必須花時間靜靜去度過。
最大的課題就擺在眼前，卻沒有答案。
我心懷著這些，想要繼續寫小說。

說到獲得提名但最後未能得獎的香港那個文學獎，來賓看起來大多是不太看書的金融相關人士。

「這根本就是金融業界以文化事業作爲節稅對策，舉行派對讓大家互相認識認識的活動嘛。」我深深這麼覺得。是企業花錢來贊助文藝，所以完全沒有錯。

或許是因爲在迷戀韓國連續劇的狀況下動身，明明來到了香港，不知爲何與會的也都是韓國人。

入圍者也爲韓國人加油，紛紛練習韓語的恭喜……

我們自己則是心力全押在深夜的炒麵和芒果布甸上，朗讀也技巧性地縮短，也就是說，根本就沒有認眞參與。別笑金融業的人。

最後由韓國作家獲獎，練習說的恭喜派上用場啦。

如果我更一板一眼的話，就會覺得父親病危啊，不會得獎啊，而且幾乎都得自掏腰包，爲參加典禮買那麼多衣服什麼的太不值了，但不知怎地絲毫不覺後悔。

我認爲工作本來就是這麼回事，而且既然已經受邀赴會，只要全力做到一定程度，其他就不必在乎了。

畢竟我真正的工作是寫作，其他事情就不必抱怨，只要自在去做就好。

說到小澤健二君的《我們、時間》現場演唱，雖然數年前〈HIHUMIYO〉那挾帶「雖然人回來了，但或許以後不會再有，就此一次的慶典」氣勢的狀況很棒，但這回重點放在現場氣氛及音樂力量的感覺也令人激賞。弦樂器的優美音色以及極佳的音響，與他那高明的演奏完美配合，在會場營造出如夢一般的整體感。

曲子都好動人啊，歌詞都好棒啊，我的心裡一再這麼想，而且演唱也非常高明，除了令人讚嘆之外也深受感動。

自己因爲父親過世而心情灰暗，觀眾的模樣也與兩年前截然不同。晦暗而沉重，盡是些模樣讓人不禁想起現今日本狀況的人。身上絲毫感受不到參與慶典的興奮之情。不過，音樂一開始，人們的臉便逐漸亮了起來。

看在眼裡，我心裡想，由人所創作的東西就是好，而且，人會爲了讓他人獲得片刻休憩、爲了給予他人力量而創作出作品。正如同小澤君所言，其中果然有愛與希望。

並沒有在日本生活的小澤君日日思索各種事物，將之化爲音樂，隔一段時間就會爲人們帶來不一樣的新鮮空氣，以這種形式來愛日本，我覺得是非常難能可貴的事情。

「在父親臨終前不久，我還曾經考慮『如果法事以現場演唱的方式來辦不知會怎樣』喔～」聽我這麼說，小澤君差點跌倒，笑著說：

「剛才那句話我就當作沒聽到！」那也是我所見過最最美好的笑容，一生難忘。

由於我過去僅僅是回娘家探視、去醫院照護，或是一同出去吃飯，雙親並不會存在於自己的生活中。

所以在日常生活裡，只是想到「啊，對喔，父親已經不在了」還是會愣一下。

若無其事每天寄電郵給我的朋友們、即使過了營業時間仍讓我悠哉吃飯的附近店家、就算是星期六仍然爲我奔波的事務所人員、老朋友、kumu和Hula夥伴、爲我辦妥葬禮大小事物的堂兄弟、衷心表示哀悼前去參加告別式的糸井先生和石原先生，以及持續爲我們祈禱的大神神社宮司……還收到了其他各種盛情，讓我每天都能感受到各方的溫暖。

非常喜歡三間房咖啡廳（CAFE TROIS CHAMBRES）的肉桂土司，剛才不經意地就去吃了。原本打算和平常一樣也來一杯美味的咖啡。老闆娘來到桌邊，用堅定而溫柔的聲音對我說：

「請節哀順變。往後，可能會覺得很寂寞吧。」

那不知怎地深深感染了我，覺得時間自此才開始轉動。

好寂寞啊，好想見父親一面啊！好想回到小時候啊！眞的不願父親死掉啊，畢竟連溺水和大腸癌都熬過來了！而且，我一直相信父親會走得突然或者安詳！沒想到竟然陷入那種磨耗、無法戰勝的困境！眞的有神明存在嗎？一個那麼爲他人盡心盡力的人，最後竟是如此下場，太過分了！……意外的是，我居然不會這麼想。甚至隱約感覺到，神明好像眞的存在啊。因爲現在的我，並不會覺得有多麼不幸。明明經歷了那麼久的痛苦時間，明明目睹了那麼多煎熬的事情，也充分體驗了無力感，而且父親還是孤單地死去，明明厄運一再上門，讓大家都不好過，不知爲何竟不會覺得不幸或者悲慘。總覺得哪兒存在著溫暖安適的部分。

這樣的稿子，若不是在自己的網頁，我絕對不會寫。

若是有人邀稿，因爲要考慮對方的媒體特性，我說什麼也不會寫。

所以，我決意在此專欄寫下的文章，和在推特上的不同，著作權非常明確，請勿部分隨意轉載。既然還有經紀人，我所寫的東西的權利就不只專屬於我一個人。

即使如此，但這果眞是作家而且是四十八歲作家的文章嗎?!若各位以爲到了老成的年紀，人就會變得老成，其實一點也沒有。

無所謂啦，就悠哉地過吧。

父親已經去世，再怎麼樣也無濟於事。

雖然人生已經過了折返點，但我還有好一段時間。而且，從現在開始，是眞正屬於我自己的人生。

4月

April

4月

從三月底到四月初，有生以來第一次前往英國。

雖然我認為影響自己最深的七〇年代文化全都來自美國，但也很清楚，其中混有相當程度的英國成分。

讓人覺得最寫實的就是人們和那裡整體的空氣，全都和兒時經常觀賞的「蒙提．派森巨蟒劇團」（Monty Python）非常相似。原來那獨特的氣氛在英國也是一般的日常氣氛啊，想到這個，我不禁嚇了一跳。

趁取材之便遊覽了多處巨石陣。

每一處都令人歎為觀止非常不可思議，從之後覆蓋其上的現代文化來看實在是相當突兀的場所。

除此之外，山上還繪有清晰的巨大白馬，以及許多分不出是墳塚還是山丘的怪異場所，實在奇妙。

在格拉斯頓柏立（Glastonbury）住進古老的旅店。那嘎吱作響的房間和破破爛爛的窗玻璃，完全就是哈利波特的感覺。鎮上住著許多穿著像是妖精一樣的老人家，有古怪的生物出沒，若是登上聖杯之丘，那裡更充滿了某種力量更強的物體存在的氣息，的確是一處滿載神靈意義的場所，但因過於滿載，讓人不禁有種「那又怎樣呢」的感覺。

「好像有那個」，「搞不好也可以看到那個」，想必此處就是這麼樣的一個所在，可是，那又怎樣呢，與自己的人生有何干係呢？

只有這樣的感覺而已。

原來每個地方都有各自的歷史與營生啊～類似這樣一種淡淡的感覺。

不過，身處其間看著，仍是一件非常愜意的事情。

在多雲的陰沉天空下喝的紅茶非常香醇。

入夜後，因爲吃了太多美食喝了啤酒吃了馬鈴薯，晚餐就省了。

這類的小事，是我最想體驗的大事。

總是很忙碌的大野百合子、小舞、難得見到的順子和小敏、我的家人，還有負責駕駛的蓮沼。如此奇妙的成員組合在英國的奇妙地方悠哉晃蕩，正是最佳的一段經驗，成員中沒有絲毫令人不快之處。竟然有緣和這麼棒的夥伴相處，我一直覺得是自己的福氣。那眞是天賜的最佳禮物。

由於那段時光沒有絲毫違和感，直到現在我仍然覺得，每天和那些人一起吃飯驅車移動，就好像是在做夢一樣。

看到那麼多的牛、羊，以及草原，也好像在做夢一樣。

讀了綿矢莉莎小姐的《手寫信》，非常感動。

要說被什麼感動，就是徹底懷抱著失敗者的心情。

不在容貌如何、不在是否有型、即使舉止再普通，不知爲何就是有人會在意那人所擁有的重量和深度，並感到害怕。而被發現之後，又得不到想要的東西。換句話說就是輸了。

若要以最貼近身邊的事情來比喻，就是不論半裸的中川翔子有多美麗、多可愛，雖然會給人一種很不可思議的感覺，但男人還是不能啪~地撲過去，類似這種感覺。

當事人並沒有罪，只是有人突然敞開心房，而那人太複雜、太強、太深了。無法毫無顧慮。

能將那失敗感深度刻量到如此程度實在了不起。

另外一點就是徹底追蹤初戀，同樣是到了不講道理的深度。

如此徹底，已不容許有他人追隨。

甚至讓人去想，初戀到底是怎麼一回事。難道遺傳竟出乎意料是正確的推斷嗎？可是人類除了會受基因驅動之外，各種環境也會造成影響，恐怕沒有那麼簡單吧。

就我個人而言，雖然仍與初戀的對象維持一般的連絡，卻絲毫未曾回憶起那種心情。即使當時與他的交往異常緊密，可是心中卻從來不曾浮現帶有像是，眞是一個好人啊，希望他能幸福，以前眞是快樂呀，之類感覺的回憶。

然而，讀了綿矢小姐的小說之後卻浮現一個鮮明但奇怪的聯想，如果能在回學校拿忘記的東西時走進他的教室，會是多麼棒的一件事啊。還有，若和他喜歡的女生講話就會莫名地心跳加速等等。

只是因爲有個個性特別鮮明的人存在（因爲我也是這樣，所以非～常清楚），大家的磁場就會變得亂七八糟，這種感覺也格外傳神！

這就是文學……

想到這裡，試著一讀接著刊載於後的自己的小說，我很清楚「這根本不是小說嘛，或許連寓言也算不上……這個，只是爲了讓生活過得多少輕鬆些的實用指南。」

所以才能夠這樣佯裝不知情若無其事地待在文學界，也才能放手給予讚賞吧。

接著讀了森博嗣先生的《The Blood Scooper》。

既是懸疑推理也是時代劇，非常知識性，描述人與人之間的往來非常傳神，總之就像看《浪人劍客》一樣津津有味地一口氣讀完，果然覺得「這和我差不多算不上文學，只是想要把自己知道的事情與人分享，稍微有點才氣的小說罷了。」

只要活著，就會慢慢看到各式各樣別人看不到的東西。如此一來，也會漸漸明白許多事物的結構。因爲覺得或許將這些傳遞出去比較好，說不定會對人有益，又說不定能減輕人們的痛苦，所以想要傳遞。這非常麻煩，如果可以的話也想省略說明，可是人類有將自己知道的事情傳遞給他人的義務，所以會在自己能夠消受的範圍內，認眞去寫。有這種感覺。

或許這一點是森先生和我唯一的共同之處（這是我擅自的主張，實際上並不清楚森先生究竟如何！）。

我覺得往後也只能以這種方式繼續存在。儘管如此，由於除了寫作之外其他什麼也不會，似乎繼續待下去也好。如果能對他人有點幫助就好了，我是這麼想的。

父親過世之後，首度夢到父親。

在娘家的客廳，父親笑咪咪地吃著晚餐。最後那段時間，頭腦已有些不清，心情不錯的父親。

先生、孩子，還有姊姊似乎在廚房踱來踱去，就是平日晚餐時的感覺。雖然覺得很懷念很開心，但仔細一看，我發現客廳周遭泛著白光朦朧不清。

「啊，父親還沒有清楚認知自己已經往生了，這裡是父親所營造的生前世界。」想到這個，我覺得很難受。

我不知所措，不知道是該告知才好，還是就這樣繼續讓他臉上帶著笑才好。

就在這個時候，不知怎地，櫻井會長*現身了。

接著與父親談起話來。面對初次見面的人，那避免四目交會、一直挺著背脊的模樣非常真實。

父：「不知怎麼回事，我稍微看得見了，也變得有點胃口了。」

* 櫻井章一，是麻將同好會，雀鬼會的會長。

會長：「那，是不是要再多吃一點呢？然後，稍微去走一走就好啦。」

這時，我猜想，會長正試著拐彎抹角告訴我，父親就要脫離軀體可以自由活動了。

父親由氣氛察覺會長並非普通人物，頭腦稍微恢復清楚，問道：「這位是？」

我結結巴巴說這位是雀鬼，並試著開始說明會長有多了不起。結果會長開口了。

「不要緊，芭娜娜小姐，伯父，我呀，是芭娜娜小姐的朋友。」

到此我就醒了。

太～厲害啦，會長，竟然有辦法去到那種中途世界。

我衷心這麼認爲。

父親，有的日子會明白自己的狀況，有的日子則是像那樣搞不清楚狀況，我認爲現在就是那種時期吧。

可是，後來有機會看了會長的日記，令我訝異的是，會長竟然也做了一模一樣的夢。地點和對話也都一樣。好像單純只是碰巧同席的人一樣。

世界上充滿了不可思議的事情。

可是，也不能說這就會怎麼樣。

沒有必要爲此而停下腳步。

一個人只要活得有自我，不論在現實或是看不見的地方都會發生種種事件，其中的好事會讓人懷著感激之心繼續活下去。我認爲那樣就夠了。不停下腳步並在心裡想著：「會長實在了不起，眞是太感謝了」，唯有這個是我眞正能做到的事情。

因爲再度罹患流感及得去探視病危的父親，冬季完全沒有打掃過家裡。既然春天已經到來，便利用計畫表上原本要探視父親的時間動手。邊打掃家裡，我發現一件事。

時下正流行的斷捨離，確實非常有效。

只不過，並不是所有的東西都可以說扔就扔的。減少所擁有的物品，過簡單的生活，要這麼做，當事人首先就必須選擇自己的生活方式。所謂選擇，也就是「捨棄其他的可能性」。

考慮什麼東西可以扔，就是要決定將哪些可能性逐出自己的人生，又要去抓住什麼。

由於這是超乎想像的困難事情，我覺得年輕的時候亂七八糟也沒有關係。若是沒經歷過種種嘗試，就不會知道該捨棄什麼。

我非常喜歡的陶藝家飯干祐美子小姐的書就快要出版了。

書名是《今日也在某處的餐桌上》，搭配一田憲子小姐的文章。

看了這本書，我似乎就明白飯干小姐那獨特的氛圍是怎麼來的了。她的人生沒有絲毫讓不專情的念頭鑽進去的縫隙。她花時間所下的決定，眞的就是已經定案的事情。不需要的東西，就等於已經丟掉了。無法再回頭。久久一看這樣的人生，會非常清爽。

在內心深處作好決定之後再環視房間，立刻就知道該扔的是什麼了。

若是不用無欲的眼睛來看，有些東西就會看不見。

若是能夠抱持那種心態來打掃家裡，想必人生會產生變化吧。

5月

May

5月

雖然仍舊虛弱，但我覺得已經稍微克服了一些有關父親過世的事情。最近不但體重稍微減輕了些，哭著醒來的次數減少了，怎麼也沒法打起精神的狀況也逐漸消失。雖然覺得自行恢復的身體實在殘酷，但如果只有腦袋的話，想必永遠也無法恢復，這種構造可眞了不起。

站在醫院的玄關時，光是看到父親去世的五樓，眼前就會變得一片黑暗而且想吐。雖然覺得這樣的自己實在是沒用，但也自認已經相當努力。

不論目睹過多少死亡，都和雙親的死不同。不論父母在幾歲的時候去世而自己當時又是幾歲，想必對任何人而言都會是一大打擊吧。

一個人死去，此人的人生中自然都有許多沒有解決的事情。即使是這種事情相對較少的父親，也都不能例外。每天都只能看著這些卻無能爲力。

即使父親沒有情婦也沒有私生子，只過著恰如其分的生活，而且一毛錢也沒留下，可是這段期間，在許多意義上都見到了地獄。

若是有錢留下，恐怕會變得更麻煩吧。

打從心底認爲，要什麼也不留就這麼離開。那甚至可能是爲了孩子著想也不一定。

我的姊姊，是個不折不扣的怪人，內向卻又帶有殺傷力，腦袋非常好但異常偏斜，讓人非常頭疼，但經歷過這一連串可怕的事情，彷彿可以看到孩提時代曾經擁有但後來失去的那種閃閃發光的東西，有如不死火鳥般自姊姊體內升起。

那眞是非常了不起的東西。

唉，總之因爲姊姊的個人特質異常鮮明，我們也不時會發生幾乎可用廝殺來形容的口角爭執啊……！而經常被姊姊說成「做作鬼！醜巴怪！」的我……！

我覺得姊姊眞的和父親非常相似（內向卻又有異常的殺傷力，有時頭腦會清晰到令人難以置信等部分），而且一天比一天明顯。

不過我最後領悟到的盡是些諸如，凡事想太多也無濟於事，仔細試著去感覺，不想面對的事情不必勉強面對，即使能力不及也非做不可的事情就速速處理找尋當下的有趣之處然後盡早閃人，讓自己鑽牛角尖的事情，如果一段時間之後比較想得開，就趕快放掉去享受當下，之類無聊而單純的事情。

而後再看看姊姊的轉變，才知道只要有時間，人還是會慢慢恢復本來的面貌。

近十年來，由於姊姊除了照護之外其他的事情幾乎都沒辦法做，那種光輝受到壓抑，想必也很難炸裂吧。可是姊姊最近已經恢復了往常的模樣。

果然，人若要保有自己的時間，即使遭受責備也還是逃走比較好。

姊姊並不是不願意負責照護工作。可是我覺得，姊姊的自由時間在不知不覺間變得太少了。姊姊是那種受人之託就會賣命的類型，不論周遭的人怎麼說都不會求助。看著現在那大幅付出後大幅恢復的模樣，我不禁覺得凡事都活力十足的姊姊已回到理想狀況了。

滑頭的我做不出「孩子仍小的時候就安分一點，等大了之後就趕快逃」這樣的事情，但經常匆匆出去喝個茶、喝幾小時小酒混一下，這大概也是依然滑頭的我得以保持良好狀態的方法吧。

一般而言，只要去做喜歡的事情維持良好的均衡狀態，凡事都比較能夠掌握，消極和疲倦都很容易傳染。

而且，一個人處於不似原本機敏的遲鈍狀態時，不論傳遞什麼給他都沒有用。所謂機敏狀態並不是指亢奮的狀態或者什麼都照單全收的狀態，而是指那個人表現出原本模樣的時候。

如果手上盡是些討厭的事情已經到了幾乎無處可逃的地步，還是趕快增加一些不討厭的事情比較好。

對於一切有關自由、幸福等等經常聽人說到的事情，我這麼相信：

如果一個人處於某種程度允許的環境，可以讓自己完全發揮的話，或許荒唐亂來的人會變得超乎想像地少也不一定。

經常會聽到「如果可以不必上班，我要找回自我」或者「如果可以多睡三個小時的話」「如果沒有婆婆的話」之類的話，可是會去做的人，不論環境如何，那個人都會去做。始終保持平衡，不論身處什麼環境都會繼續做下去，這樣的勇士非常多。

換句話說，我認為這是決定「去做有益自己的事情」的勇氣和優先順序的問題。

視能否辦到去決定職業、決定想要住的地方，這類情況也並不少見。那絕非不可能的事情。

各方都推出了追悼專集，經常看到父親年輕時的照片。

因爲是讓我騎在肩上、一同去公園那個年代的父親，理應更難過些。

還有思慮最清晰與形形色色的人對談時的父親，對我的小說給予令人難以置信的極佳批評的父親，應該很喜歡才對。

但不知爲什麼，現在我想到的，想要見到的，竟只有最後那段時日的父親。

腦袋已相當糊塗、由於穿衣麻煩所以平日都一副穿著有污漬的平口褲的模樣，又因爲無法行走而在地板上爬，後來甚至會說出「奧姆眞理教是什麼東西來著？」這樣的話來，就算會覺得丟臉也不爲過。

可是，如今最讓我憐惜最想見的，就是這衰老的父親。

在醫院即便身上滿是各種管子，當我握著手時仍會緊緊用力回握的父親；不論要爲他做什麼都會反抗，白白浪費力氣造成護士小姐困擾的父親。

最後在家見面時，一直談著山藥豆的父親。

今年山藥豆葉出來的時候，父親已經不在了。原本我打算今年帶葉子去給他看的啊。

不過，或許對一個人而言這才是最幸福的事也不一定。

最終的身影最讓人懷念，或許是最美好的。

如果自己也能這樣就好了。

雖然老誇自家人很不像樣，可是沒有辦法。因爲我們父女倆的個性眞的很合得來，彼此幾乎都不覺得對方有什麼自己看不慣的地方，眞的是直到最後都膩在一起。沒想過竟然也有這種事啊。

在最後的時日，雖是哭著但能告訴他：「我是您的女兒，不開心的事情，眞的是一件，連一件也不曾有過。我眞的覺得很幸福。」眞是太好了。

我呀……或許只是個天眞樂觀的傢伙吧……

人類是一種想與他人來往，否則就無法活下去的生物。

所以這種往來還是盡可能保持輕鬆，留有餘地比較好吧。

年輕的時候或許曾想要藉小說滿足更大的欲望。想要玩、想見識各式各樣的東西、也想賺錢、想要更如何如何的念頭太強，無暇去考慮人的事情。由於不少可怕的遭遇而處於疑神疑鬼的狀況，對周遭的人也都採取一種主控的態度。

可是，如今卻只是單純地希望周遭所有的人都能悠然自在，更希望能夠只爲了人而寫。寫小說，讓人讀了之後能稍微快樂些，並對我產生感謝之意便已足夠。若要問「那爲何不免費提供？」的話，只能說現在稍微，哦不，是相當缺錢（笑），不但得繳房租，維持身心健康也需要足夠的營養，還得讓眼睛欣賞好東西，所以需要錢。

松浦彌太郎先生在《不再爲錢煩惱：松浦彌太郎的新金錢術》一書中表示，如果你愛錢，錢也會愛你。

所謂「錢愛你」指的是，既不要來得過多，也不要不足。

更重要的是，如果免費提供，會讓讀者背負無形的包袱。

所以，如果有需要的人能以合理的價格買到我的書，那就夠了。恰到好處。

年輕的時候，會希望還沒有讀過的人也能一讀。會積極地想要探詢感受因爲種種原因而變得遲鈍、失衡、生病的人的心。想對他們說：必須去多多體會、應該更如何如何，請好好去感覺。

可是，如今已不會那樣。

若能讓有需要的人找機會一讀再讀，覺得有那樣的書籍存在，心靈便能得到滋潤，對我來說便已足夠。

凡是有需要的人，只要肯花時間就一定會弄到。

縱使書店沒有陳列、縱使在亞馬遜已銷售一空，總有一天會有機會入手。

或許那人搭電車的時候從置物架掉下來、出現在朋友的遺物中、出外旅行時在投宿的地方撿到，即使是以這類的方式，書也會輾轉來到手中。因爲這是我寫作的心態，所以是理所當然的。到了連這都辦不到的時候，眞的還是封筆比較好，而且以這種方式到達該去之處的東西，會召喚更多需要的人。

若能打從心底如此相信，賣力宣傳多造業的情況也會愈來愈少。

如果能夠減少造業的話，會發生什麼事呢？很多事情都能夠看得更清楚，而且能夠分享的事情也會增加。

我既不是正在學韓文，也沒有想要學會。

可是，每天這麼長的時間聽著聽著，也逐漸稍能分辨語感。

經常往義大利跑的時期也有這種現象。

因此，我打從心底了悟的是：「很遺憾，自己和英語完全無緣」這個傷人的事實。與韓文或義大利文接觸愈多，接觸英語的機會自然就變少了。於是我看英語原音影集、試著刻意去學習、如今依然持續去上英語會話（因爲老師很帥而且有最低限度的需要）。只不過，即使刻意加強也沒有用。首先就缺少自然的條件。

即使這樣放著不管，仍每天接觸、用耳朵聽、用身體去體會不同的人面對他人在什麼時候會怎麼說，進而在不知不覺間逐漸了解，這種情形在英語上並沒有出現。

算了，沒有辦法……心裡邊這麼覺得，同時又想，還是別這麼快就放棄比較好，或許有朝一日仍有機會結緣也不一定。

可是，在各種語言學習方面，我大概一輩子都會是半吊子吧……

年初我就不禁有這種想法，今年六月父親應該已經不在了吧。

因爲在除夕夜，我就隱約感覺到，過年這件事，在父親來說今年可能已經到底限了吧。這還是第一次在如此難過的心情下收看《年末年始》。

因爲有這種想法，我今年排除了實在很趕的工作，打算盡可能趁去醫院照護的空檔爲孩子準備晚餐，夜間活動也幾乎全部取消。

因爲突然空出這幾個月的時間，我得以盡情感慨、去韓國旅行、更重要的是可以盡情地窩在家裡。不但總算能夠看看連續劇，也有時間享受深夜的電視節目。可以準備早餐，也可以考慮好便當的菜單之後調理出來。以前則是形同前一天整晚熬夜去準備，打盹一個小時就勉強起來，隨即就又不斷打瞌睡，一點也不開心。

即使那並不是什麼重要的時間，對一個人而言卻是不可或缺的時間。

雖然前面就已經提過，可是這個，不論說幾次都不算多。

經常聽到「因爲擔心雇用的人權力過大，企業才會設計出各種制度。」一類的話，果眞如此嗎？

前陣子和讓我甘拜下風的朋友麗香一起喝茶。

「我現在因爲有時間，覺得非常幸福，也才知道有很多事情可以做。」她說了類似這樣的話。眞是太好了。她原是個工作俐落的職業婦女，而且是在這個世界上最忙的業界，雙親也都經營公司，人生可以說已經遍嘗忙碌的滋味，很有說服力。

「若是忙於工作，體內有種像是柳橙汁一般寶貴的東西就會變得愈來愈淡，如此一來不但會覺得累，累到最後眞的就連爲男朋友或是朋友做些什麼都無能爲力了。」

麗香這麼說。

說得太好了，我這麼認爲。

就像是當紅的藝人漸漸失去爆發力一樣，有什麼逐漸變得稀薄了。

很久以前，曾經在某國一個類似派對的場合，有人笑咪咪地端著不知炸的什麼蟲過來，臉上帶著「請用！」的推薦表情。

「我不用，謝謝。」我說。

「什～～～麼？爲什麼爲什麼？實在是搞不懂，居然連這都不要享用？不可能不可能。」他當眞是滿臉訝異，說出類似這樣的話。

雖然如今我依然對蟲子敬謝不敏，但是他那表情卻令人難忘。

怎麼說呢，就是很單純地一個勁兒向人推薦自己眼中的好東西，那樣的表情。最近不論在什麼樣的場合都沒看過。

就像是夏威夷的人指著夕陽，就像是台灣的人請你試吃成熟的蓮霧，就像是韓國的人邊大口咬著醬油醃生蟹邊將好吃的部分分給你，那樣的感覺。

在充裕的時間之中沒有懷疑、在不被催促之下成長，充滿那種信心的人，才能維持類似麗香所說柳橙汁那樣的東西的濃度。

6月

June

6月

向人們簡單介紹出色的人、晚輩來求教的時候分享自己的智慧，我認爲是長輩的義務。

因爲自己也曾拒絕過出版社，沒辦法討人情。同時也爲了維護自己的作品，基本上完全不幫人介紹出版社。別人帶來的原稿都委婉以「身爲同業不太方便」爲由請對方直接拿回去。

即使幫忙，頂多也只是視自己的能力所及，無償稍事指點而已。我愈來愈堅持這種想法。

完成一定程度的事業、經歷過各種事情的我，如今已來到只專注在自己想做的事情上，同時也正處於爲人生後半的寫作方向體驗、學習新事物的時期。

過去一直裝作口袋頗深的樣子其實手頭經常很緊，可是在對娘家的金援責任稍微減輕的現在，卻猛地湧來啦！錢終於要進帳啦！而且多到老後可以坐商務艙（立刻就顯出寒酸&分外渺小的夢想……）！去英國搭的是維珍航空，現在可以搭阿聯酋航空去杜拜啦！啊啊，竟只想得到搭飛機！旅館嘛，五星的太拘束，那就四星！我可眞小家子氣啊！

總之我不想活得小氣。即使只在精神層面也無妨，希望自己能夠慷慨而不吝嗇。

我覺得人生不會到百年，若有望能到百年，我覺得五十歲的時候就非常重要了。

我已經下定決心不再做自己不想做的事情。

在每天的生活中實踐想做的事情之中想做的部分就積極去享受，不想做的事情就是不想做這種單純的想法。

最近，我砍掉了一個過去都會出席的聚會。

理由是，每次結帳的時候心情都會變得很糟。

個人對餐飲費用算得非常清楚。若是自己的年紀較長，就會多出一些再各個小額回收一點。若是自己邀請的話，就全部付清。受邀的話就大方去讓對方請客，日後再補送個什麼小禮物。可能不太寬裕的長輩也適合套用對晚輩的規則，因爲可以閒聊，也能分享到他們的智慧。如此而已。

當然這也是因人而異，或許每每能與合得來的人共度，遇到合不來的人時，我覺得也還是恰如其分地應對比較好。

不過關於前述的聚會，我就完全搞不懂有何意義了。

因爲聚會時一般都有個主導的人，所以我推測，配合主導者的意向，可能比費用更重要吧。

若有好比一開始就跟店家表明「三千日圓整」，或是喝酒的人多出一點、年紀大的每人多出一千日圓之類的前提，即使違反自己的原則當然也會配合，可是不那麼做而是每次按照人數平均分攤，「可是某某喝了兩杯酒、某某喝了三杯，只喝一般飲料的人太虧了」之類的嘀咕就會此起彼落出現挑撥計較的氣氛，最後出了比原本打算還要多的金額不太愉快地離開，於是最討厭這種情況的我就決定不再去了。

一個人的情況可能每天不同，有時會想喝上好幾杯，有時只想喝茶，有時只想來兩杯汽水。

這對我而言就是最重要的事。若聚會的目的，不在於想吃吃喝喝而在於碰面，也能從對方的狀況和邀約方式得知。

人的身體狀況和心情也不見得每天一樣。

有時會多喝幾杯而沒用餐，有時則會想去大吃大喝吧。如果夠交情，要配合那情況大夥兒分攤我覺得也是小事一件，但那裡，首要的遊戲規則大概就是看主導者的臉色來施展交際手腕，對我來說根本就只是浪費時間。

採用「不去」這個選項，我覺得也是人生中的醍醐味。想到或許往後不會再碰面，起初兩、三天雖然會覺得寂寞，但很快回憶裡就只剩那些人的好和優點了。

我可不願將短短的人生用在那種事情上。因爲工作，我經常得出席那種無法開心吃喝的場合。私人方面則是能免則免。

關於大方，我還想到了其他事。

讓人招待是件非常複雜的事情。

不論圖像或文字，靠創作維生眞的都很辛苦，還有各種陷阱。只要不小心踩到一個，整個人生就會從樓梯上滾落。

人是一種軟弱的生物，只是讓人請客受人招待，直覺就會失靈。文字作品中對此當然也多有明顯的描述。

之所以能夠挺過泡沫時期的招待攻擊（之所以能夠辨識出往後仍能生意往來能夠信任

的人，是因為一同自宴會地獄脫身而見過對方的人品），應該是因為我有一副鐵胃，以及對自己想寫的東西有股強韌的信念（也可以說是任性）吧。若非如此，身體或是心靈都可能會出問題，讓人請客吃飯就是這麼可怕。

有人過不了那關，也是無可奈何的事情。

不論身體再柔弱、再纖細，我終究是個強烈想要為許多人「做點事情」的冒失鬼。

我這輩子想要做的事情，是用與「若是如此可能會比較輕鬆快活」稍微不同的角度去呈現世界。因為我雖然知道事情在自己眼中看來會顯得和大多數人不一樣，但不曉得會不會有人用我這種人的眼睛來看事情，因而覺得人生多少會變得輕鬆快活些。

若要問為什麼想做這種事，因為在各種難熬的夜裡，身旁總有書本、漫畫、電影，或者連續劇相伴。

如果身旁是音樂的話，我大概會以音樂為志吧。但是大大地拯救我的力量，是來自於這些故事，甚至是我消費金額的一千倍，抱著一種回報的心情，讓我無論如何都得寫些什麼。

「既然如此，當老師或者諮商師不就好了？那不是可以每天活躍地與人接觸嗎？」肯定會有人這麼說，但其實並不盡然。

若不是透過書而是直接面對人，或許有人會覺得：「這一位總是很親切，會給我很多幫助，可是那一位都不會，可惡！」

但不知怎地，卻不會如此爲我設想：「不過這樣的人之所以沒有這麼做，應該有什麼原因or或許是自己要求太多了或可能是太累了吧or這也難怪，人哪，不免會有各種狀況。」

這應該可以說是人類的本質。當然我也不期待會得到體諒。只不過，對他人懷有這種想法的狀況已經可說是依賴了，不論於己於人都算不上好事。

對這種聽任他人的人，直接說出「如此比較好」這種話並扛起責任的生活方式，我並無意採用。

人無法改變他人。唯有當事人自己看到了什麼而去改變。

考慮到以上種種，我覺得還是唯有書能撇開我的自我進而銘刻於心。

書，當一個人有需要的時候就能夠出現在手邊。

不需要的時候則保持靜默。

方便接觸也方便有所得。

我覺得這一點與自己很合，如今依然孜孜不倦持續寫小說。

人生，到頭來總括一切全都是自己的責任。可是如果偶爾遇到能夠互相理解的同志，就可以成爲眞正知心的朋友。

我經歷過一連串的人間地獄。每次感覺都像蜥蜴失去尾巴似的，忍著痛一點一點勉強爬過來。

所以我深知成名、發財這些事情不好的一面。

若是待在我身邊，就會看到我所選擇的小小冒險，但另一方面，若是稍有依賴之心就會被推開，進而看到我的激烈、冒失、冷漠。雖然這些全都只是爲了守護我的「無論如何都想做的事」而存在的特質，卻很難傳達出去。

大部分的人都會在我有機會嘗試新事物的時候含著怨懟離去。冒失的我雖然不會在意但仍會受傷。

只因爲我就是我，只因爲我活著，有人就會受傷，而我當然也會因爲這事實而受傷。不過那種事情告訴我也沒用！我只能如此貫徹。對我來說，只要有我愛的人和愛我的人存在便已足夠。

即使有如此風險，我也不會吝於分享行家的資訊，不會吝於寫下自己的收穫。因爲我覺得，如果能讓喜愛我作品的人有所感觸，能成爲讓他們多少變得更好、變得更輕鬆快活的契機，那就好了。

這樣的我想要分享給大家的行家之一就是山路海老音小姐。我一直非常喜歡她的漫畫，現在終於推出了新作。名爲《直到如鳥般飛翔》的芭蕾漫畫。

除了作畫技巧高明之外，對女同志的描寫也很出色，更棒的是，閱讀她的作品時會有一種靜靜進入冥想的氣氛。個人最喜歡的就是這種作品。一個能讓人進入冥想空間，能讓善良的人們追求更美好人生的沉靜世界。

人物俊俏美麗的漫畫自然非常多，但是在她所描繪的世界中，每個角色都有血有肉。做愛、煩惱、筋疲力竭，爲嫉妒所苦。雖然如此，卻非常清新。光是看著那些討人喜愛的人物的身影、服裝，或訝異的表情就覺得幸福。

雖然我同樣非常喜歡的荒井櫻桃小姐和小池田瑪亞小姐也是如此，但能夠如此看重這種另類才能的《FEEL YOUNG》雜誌，我覺得實在了不起。在這個世界上，孜孜不倦持續創作只有自己畫得出來的作品的人的微小聲音，可能會因爲強烈的個性不受大眾喜愛而終告消失。可是，那對這世界來說卻是不可或缺的東西。

前責任編輯松家仁之先生成了小說家。

知道是長篇小說時我嚇了一跳，但寫得實在好。

營造出一個有如山路小姐那樣能讓人靜謐冥想的世界。

優美地描寫自然，讓人憶起輕井澤最美之處，甚至包括氣味。

堪稱開創出建築評論小說這個新類型的這本作品，我覺得最棒的就是精準探討了生於昭和，雖然並非多麼有名卻默默完成了如同為世界帶來改革的、非常了不起的工作，為周圍的人提供經濟和精神方面的支持，始終活得精彩而且有品味的世代那種輝煌的局面。其中藏有仍少有人注意到的豐富礦脈。

不選擇顯赫的名氣或政治家那種掌握資源的生活，毫無妥協用一生去呈現自己喜愛之物的人。人物間糾葛的嫉妒與愛情。能以如此形式道出這些人在死前將身後事全部安排妥當的情節，我想，現在或許也只有他能寫出這種小說吧。

除了如此出色的主題外，曾專訪過數千人、又在擔任美術雜誌總編輯時蓄積了知識，看過許多校樣的松家先生，想必會爲我們創作出更多佳作吧。

而松家先生這個人所展現的那種獨特「這後面的事情先不管」的感覺，或許是因爲人生最後的工作並不是編輯吧，再者，他那「往後的先不管，原因在於若是多做考慮，自己就會逐漸變得透明進而消失」的懇摯人格特質又會進一步加強那種感覺，人和作品果然是可以劃上等號的啊，我不禁深感贊同，同時也覺得自己的內在深處一定也是那樣吧。

明明主角就不是作者本人，卻有種長～時間與松家先生相處的感覺，然後不禁會想：「啊，身邊的人讀我的小說也會有這種感覺吧，好害羞！」這也讓我很開心。

之前和羽海野千花小姐同搭新幹線，千花小姐靠近黑夜的窗邊，用那可愛的聲音對我家小不點說：「看，像這樣用手把眼睛圍住，街上的燈光就會看得很清楚喔。」那時，她的漫畫裡的世界突然出現在眼前，那強度與深度眞讓人嚇了一大跳。

松家先生也經常給人那種感覺，希望他能盡量發揮。

交情非常好的人成爲小說家，竟是如此讓人開心的一件事，我不禁得意起來。

一件經常想到的相關事情……就如同山路小姐的漫畫那般、如同松家先生的小說那般，我想以一顆沉靜的心過生活。基本上是這麼打算這麼去做。

也有一些地方是那種想以一顆沉靜的心過生活的人會聚集的場所。

每每抱著沉靜的心前往那種地方……這種感覺無論如何都會油然而生！

彷彿自己在現場成了一個個練柔道或職業摔角的大漢，邊用碗公吃飯邊豪邁大笑，稍微動一動就可能弄破碗盤。雖然明白這不過是被害妄想，可是，我就是知道。一旦我等踏入那空間，就可以清楚感覺到他們內心「好像有乒乒乓乓帶著嘈雜波動的人來了，是個非我族類的人」的不安。甚至覺得自己的存在受到了指責。

於是我稍微想了想。

「市區就是吵，還會看到很多可怕的人。因爲喜歡美麗的事物和寧靜的事物，那些都讓我很不舒服，也不喜歡宰殺動物來吃。總之只想護好自己的內在，盡力活得自然。」

到這部分簡直一模一樣。而這份纖細，我也算（也算吧……）擁有。不但擁有不少信奉素食主義的朋友，與他們相聚時也都能開心享用蔬食。

前陣子去了夏威夷，到冥想中心吃素食自助午餐。喜歡自然、喜歡庭園的大樹、也喜歡成排的美食，這樣的我和千穗、小不點，還有朋友……在庭園的樹下玩，吃了一盤又一盤的可口咖哩和豆類料理，不會太吵鬧、不會太興奮、極其普通地度過那段時間，但似乎並不是那麼回事。那氣氛……

來客全都靜靜地帶著微笑，細嚼慢嚥，緩步而行。

但相較之下，我們卻是超乎想像地過動、自然也很吵，整體來說就是胡攪瞎搞。簡直就像是在一個有什麼規定的地方亂來違規似的，有那種感覺。

不知不覺間，周遭的人對我們也失去了耐性，掛在臉上的親切笑容也慢慢退去……

前陣子也有相同的情況，我獨自在一家輕聲細語的老闆經營的小館子吃午餐，雖然自己只有一個人仍是非常吵。不論點餐的聲音、餐具的碰撞聲，甚至連嚼醃蘿蔔的聲音，都遠比其他人吵。

我非常能夠理解。

「這個社會是個非常不適合居住的地方，要活下去相當辛苦，所以決定要自己『設限』。設限並且深入。所以希望外人不要踏進我們的地盤，希望能別來打擾。」

那種心理，我再清楚不過了，甚至想說自己也是如此。

只不過，怎麼說呢，我的內在存有粗魯躁動的部分，無論如何都到不了那境界。比方說關於男女情事，我就如上述斷然採取「已經都結束了」的態度，對於其他應該也可以辦到才對，怎麼卻活得像頭野獸?!

而且那樣的同好相互微笑安詳過活的景況簡直就像是會員制的俱樂部，甚至讓人覺得標準要比其他會員制俱樂部更嚴格。這並不是在抱怨。因爲，與在那種地方的朋友碰面時會彼此讓步，而且最在乎的事情是能夠見面，所以不會覺得不自由。

讓人去思考的就只有一點。

吃有益健康的食物，愛護地球，想要瀟灑走過一生，明明彼此都是這麼想的，究竟是哪裡出問題了呢？即使沒有互相分享情報的必要，竟然非得分棲共存到如此地步不可，是這個時代病了嗎？

我所做的事，和去吉野家說：「我只能吃素，請給我洋蔥丼。」沒什麼不一樣吧？

順便一提，如果面對「昭和整脊派」的人，彼此都會覺得「雖然生活方式不同，但這樣很好」很容易相處融洽。

繼續探討同一個話題。我也認爲自己的讀者身上都有一條特別的弦，如果想要百本作品中能有一本讓沒有那條弦的人也產生共鳴，就無法拋開期待的心理。只要持續深入，應該總有一天會突然貫通對方心底，如果不這麼認爲，我就無法繼續寫下去。

冥想、素食主義界的人之中，一定也有「想要做出連肉食的人都會覺得『能吃到這個眞的很開心，很好吃，就算沒有肉也沒關係』的料理」的人，我在國內外也光顧過好幾次那樣的餐廳。我覺得，那些人開放的心，就和自己看待小說的心情是一樣的。

雖然這個問題並不容易解決，但我想好好花時間去各種地方見識見識。

我想要活得像是山路小姐的漫畫中人，在苦惱之中仍不放棄自己生活的美，即使到哪裡都不太適用，也一直對自己心裡聲音的變化保持一份敏感。

既不是把自己變得像是透明若無其事地去那種店家光顧，也不是忠於個性肆無忌憚吵鬧，而是盡心去相互理解，做不到的話就悄然離去，我想找出這種雙方都可以接受的法子。不論在什麼場合。

先筆記一下關於找碴的事情。

最近由於不景氣以及政局不安，身爲主婦最在意的自然是經濟方面的問題，但身爲社會一份子，我最在意的就是「日本人原本雖有因心聲與表面話這種文化上的周到而生的刁難，現在的日本人卻是眞的愛找碴，大街小巷隨處都可以看到無益的小找碴」。

讓人心想「日本人已經落到這步田地了啊？」不禁瞪大眼睛的事情非常多。

在這層意義上，我是抱持中立的立場，並不是刻意對準找碴的事才會看到找碴。我只是用眼睛去觀察，就像是機器一樣，沒有先入爲主的觀念的眼睛。

……話題回到找碴上。雙親是表裡如一的江戶之子和天草之子的我，似乎原本對於找碴這種事情就相當不以爲然。不但雙方都會覺得不爽，而且既浪費時間，也沒有辦法發洩什麼，實在是一點意義也沒有。

以前有一回在小酒館，荒木鬧著玩拍了我的照片，還開玩笑地說：「這張洗了値一百萬喔。」（那絕對是開玩笑吧（笑）！），一個當天去邀稿，似乎和他很熟的女性編輯竟直接對我說：「哈，也不害臊，還眞以爲自己成了名模啦！」令我非常詫異，換做是今天，「在工作的場合妳可不能說這種話吧，我今天是受你們招待才不得不過來喝一杯的。」已經成爲大嬸的我大概會這麼說吧……

唉，總之有人找碴就是這麼回事，自己並不在意，但這時候偏偏遇上白目的人，很難不生氣。這種事情，我也不是不明白。

在這一方面，我覺得自己生長在一個很棒的環境。因爲是下町，左鄰右舍都是只有「動怒或好心情」二選一，動怒的時候甚至可能砸東西掀桌子鬧得很大，但從早到晚在路上看到的人大多是心情都極好。

唉，總而言之，如果一個人天天壓力過大，無論如何都得讓他稍微發洩發洩吧……

比方說約在車站前碰頭的一群年輕人在那裡嚷嚷打鬧。像是參與祭典一樣看來非常開心。這種情形，許多人在經過時都會以明顯的音量拋下一聲「呿」，形形色色都有。要不就是說聲「不好意思，借過一下。」並匆匆通過。明明也沒有礙著他們什麼的。

還有，餐廳裡有人稍微高聲談話，別桌立刻就會冒出抱怨。看到抱怨的人那找碴的模樣，即使不同桌也會食慾低落。

要不就是高聲談話的人的聲音也是非比尋常地高，簡直就像在吼叫一樣。臉上的表情多半看來也並不開心，話題也有挑釁意味。

似乎大家都認定「至少自己是對的」。沒有轉圜餘地。

昨天，去某音樂廳聽古典音樂演奏，距離開演還有五分鐘左右，服務人員一把拿走我的票，說道：「我來帶位！快點！」因爲我急得要命想上洗手間，說了聲：「不好意思，等我兩分鐘去上個洗手間。」便衝去解決。

果眞兩分鐘後出來時，卻看到我家孩子孤零零地拿著票站在那裡。服務人員正逐一爲其他晚到的人帶位，視線就是不和從洗手間出來的我相會。也沒有招呼。也沒說還來得及。

就是這種感覺！在飛機上也經常會嘗到這種感覺。聽到「請給我日本茶。」時應了一聲「請稍等一下。」之後即使記得，視線也不再與我相會，假裝忘記而心裡暗爽的空服員，給人的那種感覺！

雖然經常被誤解，但我並不是因爲不愉快的經驗而抱怨。趕著去洗手間基本上是我的不對。同時，這也不是幻想著理想世界而以此強求他人。再者，這也不是在發牢騷。因爲我的人生我自己過得相當滿足，沒什麼牢騷。

單純只是覺得「自己可別再做出這種心眼不好的事啦」「最近因各種環境而遇上找碴的機率，感覺好像和在飛機上差不多，換句話說，這個社會已經讓人和在飛機上一樣不舒服了吧。」所以記錄一下現在這世道的特徵而已。

不過，萬一我見到那種有點帶刺的人遇到麻煩事的話，還是誠心伸出援手並微笑以對。只要親切相待，再怎麼帶刺的人都會道謝吧。期望自己能做到。看到嬰兒車時就微笑致意，有人跌倒就先探問是否要緊。即便是個醉漢也一樣。如果有人掉了東西，就撿起來追上去送還、看到老人家就趕緊讓座不裝睡。並不是因爲那是對的事情而去做，而是因爲想那麼做。因爲，要是視若無睹、假裝沒注意到，心裡也會有疙瘩而覺得不舒服。

前一陣子人在香港的時候父親過世，我一身寒磣趕回娘家，非得趕緊添購顏色適合作爲喪服的服裝，於是進了一家頗高檔的服飾店，櫃姐毫不客氣地上下打量我，一副「看來沒什麼錢……唉，沒辦法，就先打個招呼吧」的模樣打了聲招呼，但在了解狀況之後就變得親切起來。最後見我拿出還不錯的信用卡時還送上了名片，希望能成爲老主顧。不過，那過程與名片之間幾乎毫無間隙。耶，竟然留有與人約好之後碰面的感觸，我這麼覺得。已經許久不曾在店家有這種感覺了。

不禁覺得，日本人就是生活在如此緊綳的環境裡啊。

人人都知道，人生只有一回。

想盡可能活得快樂、活得幸福，因爲只有一回，自然會想要體驗各種事情，如果舒心的時刻能夠多些就好了。那畢竟也是大多數人的心聲吧。

既然如此，我希望自己能夠活動的時候就盡可能暢快，睡覺的時候就呼呼大睡，不開心的事隨即忘掉，能吃常笑會怒會哭，而後立刻全部拋諸腦後。雖然也有忘記才剛吵過架、還面帶笑容打招呼的事，但反正現在也不會特地找上門，不見面也無所謂，這樣就行了。小事情不必在乎，反正誰也搞不懂。

「這不可能吧，因爲……所以……」若有人對我這麼說，我希望自己永遠都能瀟灑地說：「那可跟我沒有關係！我只管我自己的事！」

若是對此再進一步思考，與壞心眼相比，我更不善於面對「滑頭」這種感覺，並且相信這兩者會起互補的作用。

身處對方滑頭而居心不良的場合，人必然會感覺緊張，必須不時小心提防，而在這種壓力下又會對旁人做出不好的事情……我認為這實在不太健康，卻也無法阻止這種惡性循環。

如果看到不受壓力影響的人會產生不以為然這種感覺是人類進化的產物，那就太可悲了，若是遇到不受壓力影響的人，我會想要笑著給予讚美。雖然只能在個人層面如此應對，但希望至少能夠這麼做。

比方說去找電信業者申辦手機，一般都是單純地「想辦一支盡可能划算，功能還可以的手機」，但大部分人的感覺都是，有點被坑了。

那是一種得花大錢才能夠解約，每個月小額償還四、五百圓的制度，過分一點的甚至會毫不客氣說其他公司的壞話或造謠，還會進一步遊說以分期方式購買其他產品，讓顧客因為當場只需付出小錢不覺得會有什麼負擔而被綁住……「反正一輩子都不能解約，乾脆就死心吧，相對的，我會盡量多給些贈品」雖然我總覺得對方若是途中這麼說，還會讓人比較開心，會忍不住想笑，無奈服務人員都因為業績壓力而過於認真……

就算公司老闆再佛心再想回饋，但以這種滑頭的手法從顧客口袋裡多搶個四、五百圓，會出現那種情形也只能說是理所當然的吧。

唉，反正我覺得每家公司都差不多。

換句話說，靠著不良居心&滑頭從他人那裡即使是小錢也要多搶一些，藉以拉開與別家的差距來保命，大概是現在這個時代的標準伎倆吧。

收到育兒津貼的公文，仔細一看，那是一份如果沒有巧妙回答所有的陷阱題就無法獲得補助的文件，記得去申辦的時候說得很好聽，這會兒卻悄悄換成「反正最後不打算補助，所以只要稍微掉入陷阱，能不給就不給」。

從這一點來看，不禁讓人覺得：「也罷，連國家都這麼搞，我還能怎麼樣？」唉，即便靠這種方法來保命，死時還不是都一樣？所以我也沒有什麼意見，只想過值得自己回味的生活。

對於自己的書，我不會用賺人熱淚的腰帶矇混、不會追加印量和單價、不會討好老人家或小孩子、不會用友善的外表來掩飾狡猾的內在，網站完全不收費（因爲免費，也沒有贊助商，可以隨自己的意思去寫，即使有讀者表示版面太長不便閱讀，我也可以回答：雖然無法改善，但自己會用心來回饋），只想繼續做自己認爲妥當的事。

既然這麼喜歡思索明顯而嚴肅的事情，何不捨棄小說去寫隨筆或是演講呢？

偶爾有人會這麼對我說。

妳的小說太深奧，隨筆比較好懂，這種聲音也經常聽到。

不過，我不可能放棄寫小說吧。

首先，因爲主角都是曾於某時某地存在於這個世界上的人，由我聽取了他們心中的苦悶並爲他們寫下來，這個任務令我相當自豪。

此外，也因爲我談個人的嚴肅偏好時絕對無法傳達給他人的沉靜內在感受，似乎化爲寓言的形式就可以與遠方的人同享。溫柔地帶著更勝於我的深度，送往遠方的人那痛苦煎熬的漫漫長夜。

即使對我這嚴肅的個人完全不感興趣，也願將我的小說視爲溫泉浸入其中，如果有許多這樣的讀者，我會覺得很開心。其中若有人認爲與我特別意氣相投，如朋友般對我個人同樣感興趣的話也很好，但基本上我覺得自己並不重要。一直以爲，我只像是一條連通上天，爲了寫小說而存在的管子，對於隨筆並不拿手。

我相信，自己的隨筆就像是小說的攻略本，不需要的人就不需要。

否則就沒有辦法這樣不負責任地寫下去！

和姊姊一同去了天草，撒骨灰（去祖父的造船廠遺址，還有搭賞豚船出航，將一塊父親的遺骨送入大海）以及游擊式掃墓（單純只是向親戚合掌而已，連聲招呼都沒有打）。

差點趕不上飛機、姊姊沒搭上船、房務人員非常古怪怎麼也無法溝通，總之就是一趟波瀾萬丈的旅行，不過非常開心。

父親從未在天草生活過。

可是，父親畢生所追求的就是天草的風景。

姊姊也非常訝異，認爲天草和西伊豆實在太像了。

父親心中最思念的，原來就是那樣的風景啊。藏在血液中的某些東西竟然永遠不會消失，令人覺得很不可思議。

蒼鬱的山、神社、寺院，坡度很陡，只要爬上去就能看到總是如此美麗的大海和小島。漁船靜靜停泊，充滿海腥味的港口。因爲是海灣，沒有洶湧的波濤，人們優閒而親切，有許多柑橘類水果，因爲交通不便，外界事物並沒有蜂擁而入……是這樣的一個地方這樣的風景。

在那裡走著走著，自己彷彿又變成了小孩子，但不論姊姊或是我明明都已將屆大嬸之齡，實在很不可思議。

我很好奇，不知這趟旅行會在小不點心裡留下什麼。

用力將父親遺骨以低肩投法扔出時，一直虔心帶著的手珠唰地飛出，啪嚓落在骨頭前不遠處。想必會獲得良好的供養吧。

如今，我心愛的那兩者已一同長眠於遙遠故里的海底。

7月

July

7月

趁取材之便去台灣的鄉間遊覽。

一切都有如昭和時的日本，原本已完全忘記的小攤子後方酸臭氣味、高鐵旁不遠就有山脈迫近的感覺、闔家出遊的模式，都是熟悉又懷念，令人目眩。去觀光區遊覽，臨走時逛逛商店雖然被強迫推銷特產，但因爲是難得的經驗，雙方都很開心，這樣的氣氛同樣是熟悉又懷念！

或許我們是知道這一些事情的最後世代了吧，我這麼以爲。

可是一旦回到台北，那裡就已經完全是個受西方資本侵略的大都會，在那種生活方式中，可以看到許多有海外生活經驗、過著富裕生活一派名流打扮的年輕人。希望能盡量保留住那充滿活力的優點。

不過就和東京一樣，每去一次，計程車司機都變得更會盤算。

觀察計程車司機的言行，最容易了解社會脈動。

如今在東京，有許多精神狀況不太穩定的司機。

第一次去台北的時候我還年輕，計程車司機不收我給的小費。「大老遠從日本來到我們國家，這個我不能收。」甚至有人會明確這麼說。不是在論斷好壞，但就是那樣的一個時代。

至於日本大叔，過去也都是那個樣子。當然偶爾也有例外，不過全都給人那樣的感覺。

只要看過《強心臟》（因爲喜歡昇基先生）就會明白，韓國的重要價值觀幾乎仍都來自儒家思想。所有反常識作品也都只能夠從顛覆那巨大的基礎而來。

所以，就是能讓人放心。

上位者不會言語粗野；尊重他人的意見；孝親的故事能讓大家落淚；爲了孩子，父母再苦再累都會努力。孩子知道這些都會感謝父母。

因爲那一般都被視爲好事。

韓國犯罪之凶暴，日本根本算不了什麼，即使演藝圈也是有各種狀況，日本根本沒得比。愛恨都很強烈，人際關係更是複雜。

可是，因爲其中仍大略保有絕對的價值觀，所以中年人仍然能感到安心吧。

畢竟大致還是能普遍感覺到有比金錢更重要的東西存在。

只要去東京巨型購物中心的美食廣場走一趟就知道，那裡充斥著現今日本所有的病徵。許多人如同家畜一般排著隊，最在乎的事情就是能稍微占點便宜、能稍微往前一點、能獲得些許優待，處在這種氣氛中，沒有獲得特殊待遇的人就會開始抱怨。

這一點也不奇怪。原因就在於即使得到了，也只是那裡經過管理的特別待遇或那裡的頭等，根本無法滿足人心。因爲那只是沒有目標、沒有靈魂的眼前憧憬，一旦無法如願就會更加生氣。

因爲人必須與他人往來，而且有一種希望獨一無二的自己能獲得獨一無二的待遇的心理。

即使當場看到以意外親民的價格就能享用的「採用某某品種，外皮如何酥脆的炸雞，配哪裡哪裡產的蘿蔔泥」或「某某品種的多汁豬排，搭焦烤香蒜醬」等等會流口水，但其實渴求的卻是「這都是想著你來做的，都是你喜歡的東西，快來一起吃吧」這樣的東西。

只要能夠身心合而爲一，人的幸福就不會有多大差異。往後我希望能夠繼續默默地將此確實傳遞出去。

看了《惡女羅曼死》，裡面充滿了上野耕路先生的音樂以及我們在八〇年代的價值觀，每次一想到英龍華小姐在片中的美，心就覺得好痛。

不論做什麼都要講求完美，這就是日本人哪……

西方人因爲肝臟和腎臟都大，毀壞方式也更爲獸性，而日本以外的亞洲國家都不太會輕視儒家的東西到那種地步，整體其實展現了日本人有點半吊子的感覺，這一點實在貼切而令人難受。

鑽牛角尖鑽到沒有去路，在其中找尋刹那的燦爛，即使明知那無法永久持續仍然快樂地活在當下……在那樣的一個時代，我博得了以對抗勢力之姿現身，撫慰人們的心靈這種歷史上的定位？……但那是不可能的事情。

因爲當時的我也是打扮得光鮮亮麗，搭著包租車、凡事有人代勞、只向錢看、去高級餐廳喝香檳、與許多名人見面。早上慵懶地在飯店邊望著海灣邊吃歐式早餐，在與上一輩不同的價值觀中感到絕望。

當然我並非玩咖，本性也是個嬉皮而不是夜店咖，又做了大量的文字工作，所以完全不一樣，但在曾經享受同樣文化這一點上面並沒有不同。

所以我非~常清楚那種感覺，而且自那價值觀中發現一件再普通不過的事情：「無論如何都不能輕忽自己的身體」。那個時期，不論做什麼都不會變胖的自己非常可怕。如今因爲已成了胖子而感到安心（不過因爲過於安心而胖到對腰不太好，這可不妙）。就連睡眠不足的部分靠吃來補都不會胖，眞的太可怕了。

最能夠深刻象徵這種可怕的，我想到的是一個關於瑪麗蓮．夢露的軼事，據說晚年的她經常帶著經血的漬跡蹣跚而行。

還有，過去曾在泰國的道花園做過血液檢查，因爲血稍微有些濁，醫生就飲食生活和貧血給了我不少忠告，並且說：「雖然妳氣色還不錯，但血從外表可看不出來。前陣子有一位模特兒來我們這裡，眞的非常苗條，但看起來體格健壯、皮膚很好、而且活力十足，但經過檢查之後才發現，她的血是我所見過最不乾淨的。比病人或是老年人都還要濁，很難想像她竟然還活著。那實在是嚇人，怎麼也忘不了。」這番話，我同樣怎麼也忘不了。

非得經歷過忽視身體的生活（就像莉莉子一樣），才會意識到身體終究是一生歸屬於自然。

一部有如難以忘懷的惡夢，但依然非常棒的電影。尤其是莉莉子妹妹一角扣人心弦的演出，更讓人見識到蜷川小姐的認眞度和毅力。

出道第二作，以及遭逢大事之後的作品都不會很好，這幾乎是適用於所有作家的定論，同樣的，我這回的長篇也不怎麼樣。在不怎麼樣的時候能夠發揮到何種程度，我認爲那就是實力了，只能焦急地盡力讓前後相呼應。

因爲一如往常是部「幾個與眾不同的好人，在不可思議的生活中發現人生的美好」（由自己來寫未免也太不含蓄了）的作品，對人的描寫怎麼會寫得如此缺乏變化啊，在這麼想的同時，卻又有種歡迎大家疲累的話隨時回到這裡的期待。並且認爲，重要的是在寫著大同小異的東西之間，仍然能稍微前進一、兩步。所謂個人，就是只能夠完成這種程度的飛翔。而且，只能夠寫出這種東西，這一點非常重要。那是一個人一生被賦予的課題，一想到只能如此，會覺得簡直就是個牢籠，但再想到唯有自己能寫，這可就有意義了。於是就願意窮一生去追求那數步的進步。人生中能夠完成那種程度的事情，想必就夠了。希望不至於看錯。

賈西亞・馬奎斯已不能再寫，而且若是回過頭去，寫的也大多是類似的東西。長而詳細的說明描述，以及，僅僅數行難以置信的飛翔。可是這都無損於他的偉大。窮其一生在每一作品中寫下那數行的飛翔。身爲讀者的我覺得那就已經彌足珍貴了。

父親一生之中曾不斷強調「眞正偉大的人，藏於市井之中」，我受這價值觀的影響非常大。

一位我認識的女性料理人，不管多累，每天都會轉換心情做出美味的食物。碰面的時候總會笑著朝我揮手。有時也會消沉，有時也會迷惘。即使如此，仍持續以那雙纖細的手認眞烹煮料理。

如果有機會讓她以諷刺的、或者是以分析的角度去徹底審視自己的人生，可能會覺得有許多狀況實在是太～亂來了。轟轟烈烈地離婚、身邊的人際關係亂七八糟、總有各種人吃定了她的體貼，最令我詫異的就是，有時請了根本無法溝通（這並非比喻）的工讀生竟然都還能高朋滿座。

其間我曾一度打從心底擔心：「這個人是不是太亂來了啊？會不會垮掉啊？這種穩定是否哪天會出差池呢？」

然而，那種事情並沒有發生。她完全沒有改變，始終讓自己保持穩定，不做過多思考一直向前。總是神色自若，以毫不猶疑的語調說話。

就這樣，有一天周遭開始一點一點有了改變。我認爲，如今依然無法打包票說是沒有問題的狀況。只不過，有什麼已經穩穩地逐漸確立，她的廚藝也始終如一。

我曾想過，這是否就是女性的偉大之中最了不起的部分呢？

這種偉大，道理絕對說不通啊，我心裡這麼想。

因此我打從心底尊敬她。這種心意不可能不起任何作用。想必還有很多人看在眼裡會默默爲她加油吧。那肯定會化作一股力量。

在台灣逛夜市，打算去吃聽說是當地名產、加了很多三星蔥的蔥餅。最貪吃的我和千穗找了排隊人龍最長的一攤，一行五人開始排隊。

那個攤子的老伯做蔥餅的方法和其他蔥餅攤子截然不同。

手工餅皮全都是當場一一擀開，絕不事先備妥。在其中放上大量新鮮的蔥和絞肉，包好之後邊煎邊壓平。爲了讓收口部分的形狀如花朵般美麗，在暑熱中，站在油鍋前認眞包著。一鍋同時只能煎四個。我猜是如果多放了可能溫度會不夠。所以只有等起鍋才拿得到。雖然人龍因此而排得老長，老伯卻依然堅持自己的做法。不斷煎好起鍋不斷送到客人手中，毫無妥協地做出美食。

因爲太過美味，我們不禁都大口猛吃那蔥餅。好吃到再怎麼讚美都不爲過的程度。吃完之後，大家的臉上都漾著笑。不論日本人或者台灣人都一樣。一個蔥餅就改變了時間的流動和回憶的質量。

可是，想到那個人的一生就覺得很誇張。每天都只是不斷地做，不斷地煎。若要問那又如何，那可不好回答。當他過世之後，很多人會說：「那個夜市的公園後面的攤子最棒了。」「那裡有很好吃的蔥餅喔」，這是毋庸置疑的，可是要爲此而做想必辦不到吧。

我認爲不僅止於此，那蔥餅彷彿包含著對自己靈魂的愛。

那正是最值得尊敬的事。希望我自己也能永遠毫無妥協保持那態度。

8月

August

8月

怎麼在這種節骨眼上還要去？但我就是在這時前往韓國。

嗯，正好在韓國總統登島的次日……（笑）。

理由嘛，自然是爲了工作。不過，如果不是因公，我很可能還是會悄悄跑一趟，因爲我這貪吃鬼實在太想吃醬油醃生蟹了。

目前亞洲地區在經濟方面最受矚目的國家應該就是韓國了，這很容易理解。畢竟性格不一樣。和大阪人的方法論有點像，但怎麼說呢，感覺帶點拉丁風格。

韓國人在工作上投注的心力總令人詫異。如果在旅館的問卷寫下「這方面可否如何如何」（例：若是餐廳無法訂位，希望早餐時至少可以選一下位子，我不想正對著空調），只要不是太不合理都會盡可能改善，令我相當意外。

該說是那股衝勁，或者類似「雖然忙卻很開心，畢竟會有進帳啊！」「只要大家一起努力就很快樂！」那樣子仍有成長空間的快活氣氛，實在了不起。

此外，若是搭計程車時對那邊的編輯說：「順便送您到公司附近吧。」他們是死也不會上車。即使上了車，也一定會讓作者先下車。哪怕當時下著傾盆大雨，極寒或是酷暑。這種專業意識相當令人敬佩。

台灣則是除了某些部分之外，已經和日本較爲接近，較爲優閒。

沒去過中國所以並不清楚……但香港已呈飽和狀態，給人一種靠特化的金融業撐下去的感覺。

雖然在韓國只辦過幾次活動，不變的是總有許多熱情的讀者到場，讓我放下心中的大石。雖然日本也有同樣令人開心的書迷，但韓國還有許多表示當初是因爲向對方借了我的書才開始交往的情侶檔。看著他們牽手離去的模樣，我也覺得很幸福。

書和夢一樣，基本上只能一個人讀。

即使和身旁的人讀同一本書，腦海裡勾勒出的畫面也不會相同。

所以，不論是哪一國的人、不論該國與日本關係如何，和我的書一對一面對的時間都是不會消失的。

親眼確認，和僅在腦袋裡推論是完全不同的。能夠親眼確認，實在是太好了。

知道是這樣的人在日常生活中有我的書相伴，要比什麼都讓人開心。

這種時候，我總會想到已經去世的義大利導演，艾莫先生（Luciano Emmer）。

相識時，他雖已是八十高齡，在我的活動上還是如影隨形。一直握著我的手不斷邀約，那攻勢連我先生都忍俊不住。

但他絕不只是個無聊的色老頭。在他約八十八歲時，寄了一份相當深奧而且有趣的劇本來，表示想在日本拍片，要我幫忙。我畢竟不是導演，只能以一點感想回應，但從劇本已經可以預見他的作品特有的透明而美麗的畫面，讓人相當感動。

最讓我畢生難忘的是，坐在他身旁觀賞他最後的公開作品——描寫女巫的美麗短片《水……火》（L'acqua... il fuoco）。

那場活動辦得荒腔走板，氣得我和工作人員都抱怨連連，但壞事背後必定藏有寶。那無與倫比的影像，讓我將不愉快拋到了九霄雲外。

最後一次見面時，他首度透露了家庭狀況：「女兒有殘疾，所以我們夫妻絕不能死。」原本老愛說「別管我老婆，和我交往吧」，但漸漸卻因我的不解風情而感到訝異，最後把我當成可以吐露心事的朋友，我在感到高興的同時，也察覺到話中「絕不能死」帶有一股氣勢，讓我無法說出「人生就是這麼無奈，請千萬別做傻事啊」這種話。

若是沒去義大利，就無法看到他的生與死了。

人生苦短，而我想要持續寫作。因此總是告誡自己不可沉迷於遠遊。即使如此，還是希望盡可能多親眼見識。若不如此，就無法留下回憶。

看了《人生臨時執照》這部漫畫。

非常感動。

這位漫畫家過去住在離我家近在咫尺的時期，我曾讀到過她自稱曾懷著殺人的衝動在鄰近的超市閒晃的事情，嚇得我至今仍清楚記得她。

甚至還知道她的前夫跳樓自殺未遂成了植物人，她也罹患精神疾病而有過一段艱苦的日子。但並不知道她後來卻是每況愈下。

因爲是漫畫，內容自然經過相當程度的美化或簡化，而且也不能因爲書中散發出卯月小姐的憤怒、或爲了銷售而坦誠以卯月小姐的立場來敘述就認爲「哦，原來這是眞實情況啊」。精神疾患使得畫工相對粗糙，讀起來就令人不舒服。即使如此，因爲很久沒接觸這種帶有「光是所探討的主題就讓人感到危險」的衝擊性的作品，令我的心爲之激盪。原來即使陷入這種景況，漫畫家還是會堅持畫下去。原來即使在這種情況下，人還是會努力往幸福走去。儘管一路跌跌撞撞、毫無章法。

在我從前打工的地區、飲酒的店家、交往過的人……全都是如此。因爲如此，全都賺不了什麼錢，又容易生病、吃虧，還有早死。這些人大都經常買醉，做事全憑一時的衝動缺乏一貫性，全都無法長久。

待我成爲作家，開始賺了錢，在那種地方待不下去，就離開了。不知大夥是否都還活著？想來有一半可能已經走了吧。

不過，那些人可是個個使出渾身解數過生活的。

我並無意美化。但他們眞的都活得很賣力。卯月小姐落得這般田地也還是努力過活。不時還能表現出大器的態度，那種豁達令人感動到想哭。

在此之前，可有誰把這種經歷轉化成作品？即使顏面受損、單眼失明、無法作畫，還是什麼都努力去嘗試。

這個月有許多毅力令人感動的事情，這部作品也是如此。

在太多人愛說「別太勉強，好好照顧自己」的今日，愛唱反調的我還是認爲：

「快樂當然是大前提，照顧好自己也是大前提。但人有時候就是會將這些全部拋諸腦後，哪怕再愚蠢、再沒有條理，依然不計後果蠻幹下去。」

恕我直言，人若是覺得自己實在無力掌握自然或社會的脈動，就會極力找出自己可以控制的事物來排遣。

開始在每天都會接觸的事物上，例如飲食方面（只吃哪裡哪裡產的什麼、或只買通過輻射檢測的東西等等）或者穿著方面（保暖程度、或只穿某品牌等等）有所堅持講究。

這乍看之下似乎是好事，有些我自己也會做，但就解悶、以及對某些人來說可能有害健康這兩點來看，其實和抽菸沒有什麼兩樣。

有所堅持的類型（比方「就是要享受美食！」、「絕對不可著涼！」、「因爲喜歡這個牌子，其他衣服都看不上眼！」、「要搬到空氣清新的地方住！」之類的人）不論外表是樸素或者光鮮亮麗，在某種意義上通常都算健康，這在任何時代都一樣。但心態若是「雖然不太想做、但看在好處的分上姑且試試」，就有問題了。

在可掌控的事物圍繞下雖然會有安全感，卻會給人一種生活日益狹隘、呼吸愈來愈困難的印象。框框日漸縮小。長久以往，若是遇到突發狀況，身體可能會使不出氣力。因爲身體餓得厲害，往往會使人陷入「若是沒什麼樂子，那就算了」的萎靡狀態。

舉例來說，在戰時食物匱乏。人體會全力渴求食物。這時若能有一碗泡麵，人都會滿心歡喜，即使其中只含少量養分，也能爲身心提供營養。

我認爲，水自然是喝常溫的對身體比較好。腳踝和肩膀最好不要受寒。因爲事情出乎意料而鹵莽行動可不太好吧。但若是有人碰巧看到心愛的人佇立在寒風呼嘯的月臺上，因而忘記穿外套就衣衫單薄衝出候車室，相信他是不會覺得冷的。

也就是說，最重要的是「身心一致」以及「潛意識與現實一致」。

假設有個人深受某種養生法所吸引。這種時候，最重要的是那念頭從何而來。無論是眼見自己尊敬的長輩身體力行、常去的針灸中心所推薦、或是在書店突然對介紹該養生法的書給電到……都無所謂。只要該養生法和那個人內心深處的某個地方相呼應，都會產生效果。

可是，如果不是如此，不論想做什麼對身體好的事，對健康都不會有任何幫助。

即使非常喜好肉食、甚至身體某處還塡了矽膠，但不論工作負擔多重依然表現出貴氣，想做什麼就盡可能帶著笑容放手去做的叶姊妹可能就很健康；一個人即使不殺生、住在四季如春、空氣清新的大自然裡，可是過著對旁人毫無感情的生活，心中滿是混亂黑暗，多半都會變得不健康。

我認爲最了不起的就是，能夠承受各式變形版本的「人類自身的力量」。

光是一個呼吸法，就有人認爲該從鼻子呼氣；不，應該從嘴巴；不，應該用長呼吸；不對不對，吸氣和呼氣應該一樣長；應該用脊椎呼吸；不，應該用丹田；不對啦，要將大地之氣吸上來……版本令人眼花撩亂，但最了不起的就是，只要打從心底相信並身體力行，就能變得足以成爲大師一般健康。

只要打從心底相信終究會有所成，這是人類自身的力量。

如今的日本大眾最不相信的，就是這人類自身的力量……我這麼認爲。

那麼，相信金錢力量的人是否全都是最差勁的呢？

這問題讓我想了很多，因此找了旅居巴里島的企業家丸尾孝俊先生的書來看。

因爲他是西成區出身的帥哥！抽菸的壞男孩形象也讓我聯想到櫻井會長，就連講話都有幾分神似。

使出渾身解數向世人展現人類自身力量，這一點也很相近。

事業已有一定成就之後開始指導年輕後進的開放態度，也很接近。

或許類型迥異難以類比，但森博嗣先生也是一樣。既會賺錢，又不吝將智慧與知識傳授給後進。

這種格局大、卻又帶點壞男孩氣質的大叔，記得過去在街頭巷尾經常可以見到……

好像只要找這種大叔，問題就能迎刃而解。

如今卻已是個想找街坊大叔，他們就都嫌麻煩而低頭逃走的時代！

所以我滿心興奮期待把書讀完，心情大好。屬於昭和世代的我……

因爲據說有許多單純的人徹底相信他所說的，驟然前往巴里島創業，令我擔心自己的發言是否恰當，但那種「放手去做別怕失敗！」、「有問題隨時來找我！」的大器態度，似乎也成了不少人的救贖。

一般這種人都會被認爲「什麼啊，要人家去找他，到頭來不過是花錢跟團，隨團一起跟他匆匆吃頓飯了事，根本就是斂財嘛。」但這一位卻帶有一種「一定要去啊，只要向他哭訴自己的問題，他一定會竭盡所知誠心爲我解答！」的光芒。

經手龐大不動產的人那種細心觀察周遭的態度幾乎和靈媒一樣了不起，又因稍有誤判就可能一切都化爲烏有而力求愼重&大膽，所以相當重視自己人（不是血親，而是志同道合的自己人），而且那憑瞬間判斷達成目標的能力就只能仰賴經驗值，絕非一蹴可幾……邊這麼想著，卻也認爲鹵莽、失敗、落得一無所有但逐漸學到經驗的人與日俱增，正代表確實有所行動，或許不全然是件壞事。

畢竟，雖然自殺的人很多，但存活下來的也不少。

或許至少比隨隨便便就有三萬人自殺的晦暗氣氛要來得好。

我認爲，毅力並不會自「非得～不可」湧現，得靠「超想～的。沒辦法，上吧！」才會猛然迸出。而且在那裡必能找到朋友或夥伴。所以，人生總會有出路的。

9月

September

9月

總而言之這個月完成了許多工作。

潤飾完成一部長篇、一部中篇，開始著手寫下一部長篇，處理掉如山的瑣碎事務，還寫了一篇有關JOJO的短篇，並爲此含淚重讀了JOJO的第四部；期間甚至還試著與藤谷君合作了脫口秀；爲了和三砂千鶴小姐對談，也重讀了她的作品，並對女人的身體做了一番深切的思考，反正就是工作、工作，還有工作。

即使這樣也不會有什麼了不得的進帳不免讓人有些難過，但我還是毫無怨言地去做。印象中過去最忙的時候也沒有把自己榨成現在這樣。

可是過程中竟有種神清氣爽的感覺。

「只要有工作就已經很感謝了，總之就繼續做下去，這就夠了，別把錯推到別人頭上。」現在的我可能會對二十幾歲時軟弱的我這麼說，但只因爲作品暢銷（這些錢全都用在娘家、助人，和自己的海外經驗上了，但我一點也不後悔。因爲都是實際經歷過的事，所以可以坦蕩蕩地秉持自信寫出來），便不知不覺被推上了忙碌的軌道，而受歡迎這個事實讓我無法聚焦在工作上，總是只想回家靜下心來寫些東西，因此對我而言完全就只是壓力。

雖然如今的我巴不得能成爲當時自己的經紀人，但人生應該還有時間，從現在開始慢慢運用過去累積的經驗應該還來得及。

一輩子除了打工以外從沒把那麼多時間花在工作上，而且當時正值泡沫經濟時期，出資方也有充裕的交際經費可以使用，個個一開始就表示「先見面聊聊」，只能夠盡量擠出面會的時間。想來一天應該有十八小時用在和人見面上。

有時甚至因爲見了太多人而筋疲力盡，落得連走路都頭暈，既走不了也無法搭電車，只能一再招計程車。

但如今回想起來，當年冒冒失失拓展的人脈有些仍一直保留，而且培養出相互信賴的關係。

不過當時自己畢竟還是個孩子，在毫無準備的情況下面對忙碌，總覺得自己是被趕鴨子上架。再加上稅金過重、版稅太低，更讓我有這種感覺。

而且企業或廣告公司每每喜歡在紙上作業階段製造出模糊地帶：「雖然這個案子由我們代理，但單憑妳一個人是絕對做不來的。不過我們也無法具體告訴妳目前在做什麼。」

雖然認爲那種做法是對的，也希望雙方能互相幫忙，但年輕時由不得我挑選合作對象，因此許多情況自己實在是難以信服。

而且，還常得忍受上位者令人覺得誇張的說教。

所謂樹大招風，說的就是這麼回事吧。

但我從不服輸。想聽的我才聽，不想聽的就當耳邊風。有時是內心保持自由，但表面上咬緊牙關強裝鎮靜，有時則直截了當裝醉，有時更是乾脆逃走，至今仍記得幾種逃走的法子。

有些人即使很努力仍接不到案子，也有些人紅不起來。所以他們總叫我應該謙虛。

可是，我沒有哪次不謙虛。雖然我認爲錯的是那些戴著有色眼鏡的人，但這種話當時也沒辦法對上位者說出口。如今我已經成了大嬸，可以堂而皇之這麼說：

「你有多了解我？看過我每天是怎麼生活的嗎？我明確的生活之道，就只有我自己清楚而已。」

此外，由於我毫不休止地工作，因此認爲工作不會間斷是理所當然之事。人生中似乎沒有一天沒寫文章，二十幾年來也從來沒有眞正休息過一回。即使住院也還要看校樣，即使發高燒躺下也還要讀參考文獻。

但卻經常出現諸如「這位作家在發了財變得傲慢之前的作品還不錯」、「目中無人」、「明顯得意忘形」、「身上的行頭都很高檔」之類不負責任的報導。

雖然我天生就有點輕浮和孩子氣，但這些報導還是給人不好的印象。

但我既沒那個閒工夫去擬定改變形象的策略，也嫌麻煩。

不過當時所穿的衣服，有幾件如今仍在穿（笑）！

若只是出自本能的任性和嚴拒任何不喜歡的事，個性上對其他方面卻沒什麼堅持和努力的話，或許早就已經死了也說不定。記得有一次中午造訪新潮社，社方沒有準備午餐，我還氣得大發雷霆呢（眞是丟臉！）。

但同時，比方看到像橫尾忠則先生那樣的人竟然也有和我一樣孩子氣的部分，眞讓我鬆了一口氣……這些不忘赤子之心的長輩也給了我不少啟發。

聽到橫尾先生說：「我站累了，拍照就到此爲止吧」，或是看著他沒注意別人講話，自顧大口吃著炸豬排的模樣，就覺得自己若也能這麼活下去就好了。希望也有人能這麼看我。

畢竟，有誰會想讀不痛不癢、四平八穩、毫無起伏、完全可以預期的小說呢？

若是天縱之才完美無瑕的文學作品，當然會想讀讀看，但我可沒有那種能耐。

所以既天眞又坑坑洞洞，既不會太不謙虛，也不至於不夠沉穩。正因爲那份天眞，才能時時想到好題材，否則可就沒辦法餬口了。

順道一提，由於海外很快就有「作家就是這副德行」的認知，因此只有一家法國出版社，和美國的菁英文學界不大看得起我。

證據就是，我的作品在法國和美國都賣得不怎麼樣！

問題在於是否對味吧……

就我來說，與其藝術性受到高度評價，寧可爲意氣相投的人打氣。若是作品的水準同時還能有所提升，那就再好不過了。但這以後再說也不遲。

回到先前的話題，即使再嚴酷，倘若是自己決定要做的事，就不至於變成壓力把自己壓垮。年近半百我才眞正理解這一點。

……道理說來簡單，但邊忙家事邊帶小孩，還得經常留意是否該補充衛生紙或雞蛋，啊，明天瓦斯公司要來安裝，得把幾點到幾點空出來，得找園藝行，還得安排好旅行相關事宜，哦，說到這裡又想起明天上午九點一定得到東京車站，唉呀，還沒向學校請假！總是像這樣忙得甚至沒空坐下。一天只吃兩餐，在家也幾乎都是站著吃。

目前晚上沒請保母，不僅幾乎無法再去看演唱會或電影，相對的，晚上在家得做的事也不斷增加。

……天天像這樣過，只盼望麻煩事能少一樁是一樁，神啊，讓我休息一下吧！

在這種情況下，怎麼可能快快樂樂工作？

不過，在這種情況下若能不躲不避，懷著「麻煩算什麼！也不過如此！」的心態，就算依然不能做什麼嚴謹的作業或周詳的管理，還是能成些事。

倘若當時沒能勉力克服那驚人的忙碌、沒多次經歷因過勞而住院的恐怖和痛苦，而且在那種情況下依然堅持寫作，就絕對不可能有這番體悟。

那個時候，總以爲哪天會有誰來幫助我。

但如今的我知道，沒有人會來幫忙。所以才能努力撐下去。

這麼一想，願意伸出援手的人就會突然一個個冒出來。

所謂願意伸出援手，並不是嘴巴上說喜歡我、想幫忙或是想出點力但實際上另有所求。他們都是些可愛的孩子，我也很喜歡他們，但所做的絕對稱不上是幫忙。

那不過是種可稱爲「撫慰」的狀態。

看看身邊的人際關係，不難發現很多人在這方面有所誤解，難怪大家經常起爭執。聽到嘴上說說便心懷期待，或互相說些中聽的好話。

雖然孩子長大後就沒再這麼做了，可是從前，聽到山西君說：「我不會說是妳的書迷，或感謝妳寫出這麼好的小說這種話，而是希望能具體幫忙做點事情，有什麼我能效勞的？」的時候，還眞是令我感動莫名。

於是我就請他幫忙當保母，但一想到這對時時以自己的步調過生活、又毫不了解小娃兒的他而言會有多麼困難，直到如今都還想向他鞠躬致意。這之於他，應該就和處理行政工作的打工之於我一樣困難。

而他的作品，想必是因爲沒有把時間只花在自己身上，以及親身和小孩子相處，也變得更有深度、更成熟。神已經爲我給了回報。

所謂助人，是累積了相當人生經驗的強者，以自己的時間和身體具體地去協助一個成年人。

前陣子我遇到了一點困擾，透過電子郵件找住在歐胡島的摯友千穗商量，她火速回以誠摯的建議。

不過，那陣子一人獨居的千穗家裡出現老鼠，一下子忙著補洞，一下子又哭著把帶有珍貴回憶卻沾滿了老鼠屎的餐具扔掉，不但得找朋友來幫忙，還要同房東交涉，總之正處於非常淒慘的時期。

但她對這些狀況隻字未提，只是專注地傾聽我訴苦。後來才告訴我，其實當時的生活被鼠群搞得手忙腳亂。

這樣的朋友一個一個出現。這是過去我習於怪罪別人的時候未曾有過的現象。

看來人生的確有這種「鏡的法則」。

在台灣時，朋友艾玲送了我一種蓮心茶。

因爲聽說還有安眠和護膚的效果，於是人還在台灣，夜裡便立刻在旅館試飲，結果倒頭就睡。

雖然早上醒來時心想，啊，一定是昨天走得太累了，但每次喝下那茶都會立刻想睡，要是一沒掌握好濃度，甚至會像是被熊摑了一掌似地睡得不醒人事。

經過確認，同樣的現象也發生在一起收到這禮物的小紀和千穗身上。

蓮……不但能開出那麼美的花，蓮子吃起來也非常美味，蓮藕則是燉煮的絕佳食材，葉子包飯蒸熟之後會有無比的香氣而且製成茶很好喝。

不僅如此，就連蓮子心都有如此神效，簡直就是超級植物！

我不禁愈來愈喜歡蓮了。

想到植物賦予大地的力量，總令我感動莫名。

雖然這種茶在日本不容易買到，但在台灣似乎不難找，失眠的朋友不妨一試。

即使想要分一點，我自己的也全都分送有失眠困擾的朋友了，只好請大家上網找找看。

不過，若是在開車時或白天喝這種茶，可就大事不妙了！

相關資訊請讀者諸君自行判斷，出了事我可不負責！

儘管這個夏天一樣那麼熱，我還是去了很多地方，玩得筋疲力盡。也吃了很多外食。夏日外食，最方便的就是快餐。自家的煮食很容易餿掉，相當可怕。因爲家裡沒有炊飯器，早上煮的飯要是忘記裝進飯鍋收在冰箱裡，到了傍晚就不太對勁了。

我的夏日食譜只有味噌湯和燙青菜。

爲了拯救飽受外食的鹽分與油分摧殘的腎臟，我現在盡可能在家做飯，湯或味噌湯裡一定放很多根莖類，好讓胃能輕輕鬆鬆地休息一下。

此外，我也照著一本《每天5分鐘，徹底改變體質的超強足療法》，一個勁兒地用棒子按壓自己的腳掌。

原本對痛死人的台式木棒按摩還抱持懷疑的態度，但讀過這本書後便不復存疑。作者近澤小姐*以照片說明疾病與腳的關連，例如「這是會腰痛的腳」、「這是容易罹患乳癌的腳」，而我竟然屬於甲狀腺功能不良、過敏體質、容易腰痛和脖子痛的腳！眼見自己的腳將自己的疾病表現得如此明顯，我試著持續按摩了一個月。

歷經多次強烈的嘔吐感之後，腳底逐漸成了粉紅色。腳底狀況如此明顯的改變令我訝異。雖然特定疾病的傾向仍未消除，但就顏色來看已經相當好了。

區域反射療法專家美雪告訴我，腳底按摩就是這麼回事。把腳底硬硬的東西揉碎，就能明顯改善身體狀況。

看來值得持續去做。

* 近澤愛沙。

每年夏天，都會有很多朋友從海外回來。

我不禁納悶，爲什麼自己有很多朋友都住在國外呢？

大家一起喝茶、唱歌、跳舞、吃飯，一起哭、一起笑……之後他們又都回去了。重逢時越開心，別離時就越難過。

因此直到現在，我的夏天依然被濃縮得像是孩提時代暑假的回憶。

總有一天，我們都會老到走不動，只能在各自的國家思念彼此。所以應該趁還能見面的時候盡量相聚。

小時候，很喜歡看父母設宴招待母親的摯友。這些人平常都那麼忙碌，唯有這種時候才能輕輕鬆鬆地開懷言歡。

如今母親這位摯友住得很遠，每年頂多只能來兩趟。

三人最後一次相聚時，雙親已經是老態龍鍾、頭腦不清，母親的摯友因爲年紀略輕依然硬朗，但大家還是像昔日一樣展露笑顏。

這景象令我悸動不已。

我的頭髮也開始發白。身體開始一點點準備迎接老年。所以，現在應該盡量走出去會會大家才是。

先換個話題，來聊聊懈怠多時的Hula。
如今的我形同引退（？）狀態，除了上課幾乎都沒參與，卻還待在高級班，實在是不好意思。但經常與登台表演的高手相處，讓我領悟到一個道理，那就是：
有些人就是天生具有在眾人面前表演的資質。
雖然欠缺這資質的我只能乖乖當個學生，但與這些有表演天分的人在一起就會明白，是舞台在召喚她們。
就好像呼吸一樣，抑或像我寫文章一樣，有人擅長在眾人目光下跳舞。
而且這樣的人，基本上都是好人。
因爲沒有人會想看心術不正的人登台表演。想要欣賞的是開放、美麗、融入世界的幸福人。所以舞台會主動召喚這些人。
和這些人共處，我不僅對她們的豁達、謙虛、自然流露的自信，以及不拘小節感到驚訝，甚至還窺見幾段因美麗而來的麻煩事，相當有意思。
因爲有個性而貌似有異性緣的女人（在說我自己嗎……哭哭）、長得不美卻仍有異性緣的女人，或是認爲這種小事不值一哂的「一輩子理所當然有異性緣的美女」都很有意思。不管到了幾歲都非常有意思。

Hula是一種很不可思議的舞蹈。若是經常一起跳，就連平時身體都會自然彼此接近。好像窩裡的動物因彼此接近而感到舒適一樣。因爲如此，也會漸漸了解彼此的本質。越是了解，就越會覺得雖然有人有點脾氣，但生性本惡的人卻是相當稀少。或許是因爲一旦進入一個令人安心的圈子，人心就會因捨不得離開而不想變壞。面對跳Hula的人時，我也只會誠心以善意待人。因爲我每個星期都和她們一起跳舞，有一種共同擁有某一事物的歸屬感。

不過，若是她們不再跳了，讓我失去這圈子回到私人世界，大概就不會這樣了吧。或許這正是習藝的本質。

因爲經歷過這樣的日子，某天我在傍晚的湘南海邊放空喝著啤酒時，突然想到：不論「長髮又衣著暴露」的女人有多少，我都能分辨出誰有跳Hula，誰沒有跳。跳Hula的女人，都會以燦爛的表情和姿勢面對這個世界。

想必每一種舞蹈都是如此。所謂舞蹈，想必並不是對某個特定對象，而是向上蒼，向神表演的吧。

10月

October

10月

這個月的我可夠受的了～！

所以，請大家先做好長讀的心理準備。

這陣子的生活實在太過緊湊，就連我自己也覺得「神哪，不要都一起來好嘛！至少分散到兩個月啊……」

露娜過世了。

雖然已有心理準備，但來得太早了。

露娜是我在幻冬舍出版的《Q健康？》中出現的抗病個案，生性相當堅毅，是個非常值得尊敬的人。

個子高、人又美、堅強又溫柔，是個無可挑剔的人，甚至可說是太過完美。大概是因為這樣，才會如此年輕就蒙主恩召吧。

露娜生前曾強力要求不要把這些寫出來，所以我從不曾寫過，但想想時效應該也過了，現在就爲她稍微寫一些。

雖然她和摯愛的母親、哥哥的感情非常好，直到臨終都讓我見識到什麼是最完美的家庭關係，但在她小時候，這個家曾因父親的緣故苦過好一陣子。這段悲慘的經歷，讓她得到了看見無形世界的能力。

有一段時間，她能看見死去的人、或跟在某人身邊的其他人。

但露娜總是那麼善良，即使有因車禍而死狀淒慘的人來到面前，她也會主動攀談：「怎麼會變成這樣？」在我和一個酒精中毒的男人交往期間，我明明什麼都沒提過，她卻一語道破：「雖然他非常愛妳，但不知怎的總是拿著一瓶酒。」

雖然這能力隨著年齡增長而消失，卻以其他形式留存在她身上。關於這點，只要讀讀我所寫的抗病記就能知道。

對醫師和醫院的神奇直覺拯救了她好幾回。

只不過，越是光明，各種黑暗也越接近她。

在出院之後過著正常生活的幾年裡，她從事了幾乎能滿足自己所有夢想的公職，但由於長得太美，曾遭變態跟蹤到需要報警的地步，因此被迫放棄了工作。這令我非常不捨。

那對她造成壓力的人遲早會在人生的路途爲此付出代價，所以我並不痛恨那個人，但一想到她工作時幹勁十足的模樣，就覺得萬分不捨。

雖然經歷了那麼多痛苦，露娜卻依然常保積極正面的態度。

看著她燦爛的人生爲苦痛和病魔摧殘，我就非常難過。

即使如此，疾病至終都無法對她的優秀造成絲毫損傷。

在癌細胞轉移到腦內和骨骼，被宣告僅剩兩個禮拜的壽命之後，露娜還是活了好幾年。

即使因抗癌藥物而不住嘔吐，她還是努力進食活了下來。

「簡直吐得活像噴水池似的！但我不會認輸！」露娜在寫給我的電子郵件裡這麼說。

「現在我頭上開了個洞好注射抗癌劑，這副模樣還眞是好笑。今天窗外也看得見富士山，非常美麗。傳一張照片給妳瞧瞧！」

露娜從病房裡傳了一張黎明時分的富士山照片給我。

這樣的她，只要看到有朋友爲乳癌所苦，不論自己處於什麼樣的狀況，一定會送上自己的胸部術後照片爲對方打氣。因爲如今基於個資保護，已不能再以照片來解釋術後會留下什麼樣的傷痕，反而令大家都感到不安。

露娜克服了這地獄般的療程，又得以重返正常生活。

最後一次見到仍能健步如飛的露娜時在橫濱某飯店的電扶梯上，她揮著手說道：

「秀子（我的本名），我好寂寞啊～！」

聲音相當大。

我也好寂寞。

因爲若遭病毒感染就會非常棘手，露娜鮮少外出。由於擔心會把外頭的病菌帶過去，我也不敢經常登門造訪。因此幾乎每天通電子郵件。

她喜歡看美麗的風景，於是我每到一處就拍照傳送過去。

直到如今，比方看到美麗的夕陽，依然無法改掉「拍下來寄給露娜」的習慣。

每年夏天拍下自家庭院裡盛開的蓮花寄給她時，我都會寫下：

「今年也能和露娜共賞蓮花，眞像是做夢一樣。明年也一起賞花吧。我會悉心呵護的。」露娜也會回信：「看著這些蓮花，我就覺得湧出了無限活力。」她的電子郵件地址裡甚至帶有蓮字，可見有多喜歡花。

明年蓮花盛開時，我一定會落淚。

因爲知道她堅強又好強，若是病情惡化可能也不會透露吧。

一直害怕這一天會降臨。總是祈禱不要有這麼一天，祈禱能有奇蹟出現。甚至多次想要逃避。

但是，我並沒有逃。

每當露娜察覺我很忙碌或情緒低落，都會透過電子郵件爲我加油打氣。想必一直認爲眞正需要幫助的其實是我。家父過世時，也很快就收到她傳來的電子郵件。

今年夏天聽到她驗血的數値不大樂觀，我就做好了不知第幾回的心理準備。後來在電子郵件裡看到「輸血」兩個字時，我想起父親臨終之前也曾輸血。唉，情況已經惡化到無法自行造血了，可是，我仍然祈禱，她能再次復活。

一陣子之後，就沒再收到她的電子郵件了。

露娜的最後一封電子郵件是這麼寫的：

「謝謝妳多年來的鼓勵，眞的非常感激！目前副作用讓我不大舒服，但已經習慣了。我會好好加油的!!秀子也要好好照顧自己。　露娜」

明明自己都快不行了，竟然還送來如此冷靜的電子郵件，這個傻瓜！

在這封電子郵件之後，有一個禮拜沒再收到她的訊息。雖然我很想逃避這痛苦的現實，卻仍想到，唉，或許已經……於是撥電話給露娜的母親。

「吉本小姐，露娜已經幾乎沒有意識了，也沒辦法再拿起行動電話……她回去複診，可是醫生表示已經無能爲力，只能安排住進安寧病房，這回住院，已經不可能再出院了。」

聞言，我不禁號啕大哭。

「她辛苦了。伯母也辛苦了。不論她現在是什麼模樣，都請讓我過去見一面。」

掛掉電話後，我隨即動身趕往醫院。

醫院位於令人懷念的伊豆。

我經過每年夏天爲了陪伴父母都會走過的沼津美食大街。

那時眞不知有多麼幸福。暑假爲了和家人會合，我搭車過來，在這附近吃個午飯，那是任何事物都無法取代的。

「時間啊，請倒流吧，時間啊，請停止吧，告訴我一切都不是眞的。*」我不禁這麼想，就好像七尾旅人一樣（笑）。

要是接著再經過修善寺，翻過一座山抵達土肥，可以在那旅館和家人團聚該有多好。

* 〈湘南漸行漸遠〉歌詞。

眞是一場討厭的夢，幸好只是夢！可是，若能和父母、姊姊一起吃個飯，邊散步邊欣賞山與海，然後去喝杯啤酒，那該有多好。如果我不是已經四十八歲、需要負責任的大人，那該有多好。如果我仍是個可以拒絕接受這種可怕的事情、可以逃避的孩子，那該有多好。

怎麼也沒想到，竟然有天會在如此難過的情況下行經那條街。

不過，車上還有不辭勞苦兼職當日往返沼津，非常優秀的蓮沼，讓我覺得現在就是現在，自有現在的美好。我不會逃避。

來到病房，露娜正睡著。雖然消瘦，但依然是個美女。

原本不打算吵醒她，但露娜醒了，迷迷糊糊望著我。

「露娜，是我，秀子。謝謝妳寄電郵來。」

我說。

「天啊，秀子，眞的是妳！我不是在做夢吧？」

露娜以很有精神的聲音說道。

「妳睡沒關係。露娜，這些年來眞的非常感謝妳。」

我握了握露娜的手，又摩挲她的腳。

露娜虛弱的模樣彷彿倒下的大樹，令我心如刀割。

兩腳雖然浮腫，卻仍是清爽而且色澤非常美好。令人難以相信，這會是即將辭世的人的腳。

「哪捨得睡啊？秀子來看我，怎麼捨得睡？」

她不住這麼說。

「露娜睡著也是個美女呢。」

這句話逗得她笑了。

「之前不是說要一起去泡溫泉嗎？趕快好起來出院吧。」

這句話她卻沒有回應。

「要是我睡著了，秀子就要回去了，就要回去了。」

說著，她按下護士鈴，說想坐到輪椅上。

「好好躺著，別起來。我會再來的。」

我說。

「秀子得工作，竟然還大老遠跑來看我……就聽妳的，可是我口很渴，得起來喝點東西。我想喝寶礦力。」

見她這麼堅持，我趕緊衝向販賣機。
這段空檔，護士們攙扶露娜坐上輪椅。
「一直躺著會更虛弱。」
露娜說道。
已經夠了，別再逞強了，我好想這麼說，但怎麼也說不出口。
使盡渾身氣力起身的她雖然搖搖晃晃，卻依然像尊埃及王族雕像，高雅而美麗。喝著寶礦力，她打了個嗝。
「好像連空氣一起喝下去了。」
她說。
「這種時候就別在意啦！」
說著，我用頭抵著露娜的大腿，啜泣了起來。大腿仍然溫暖而且結實，為何，竟會不久於人世呢？
「因為情況實在太糟，一通電話我就住院了。」
露娜以一副還能出院的語氣說道。
當時陪在她身旁一起眺望淡藍色的天空和伊豆的山巒，是我永難忘記的一件事。

「秀子和小甜蜜好像呀。」

露娜以明確的語氣說道。

「小甜蜜是誰？」

我問。

「♪小甜蜜，小甜蜜，喜歡喜歡，我喜歡♪*的小甜蜜。那首有校長先生的歌呀。」

露娜回答。

接著，我倆靠在一起望著藍天。一會兒之後露娜突然說：

「該回去睡啦～！」接著又補上一句：

「不小心說出秋田腔了！」

然後笑了。

那是她下定了某個決心的瞬間。很可能是爲了讓我回去，也爲了讓自己接受與我別離。

因爲骨頭裡滿是癌細胞，想必身上到處都疼痛難耐。躺回床上時，她也直說頭好痛，

＊　卡通《甜蜜小天使》片頭曲。

痛到快受不了了。

「增加一下劑量吧。」

護士正準備調節點滴的嗎啡劑量時，「請等一下！」露娜說：

「我希望可以盡量不要增加。」

「那晚一點再調，好嗎？」

聽護士這麼說，露娜仔細想了想，說道：

「還是幫我調吧。」

我握住露娜的手，露娜也使勁回握。

我向她發誓還會再來，接著用額頭蹭蹭她的額頭，默默離開病房。

三天後，露娜走了。

更令我意外的是，母親突然過世了。

看到母親過世的消息，露娜的母親來電，說她嚇了一跳。由於彼此都過於詫異，我們倆不禁都笑出來。

「想必她們兩位現在也在笑吧。笑我們不知在笑個什麼。」

「是呀。一定是。」

露娜的母親和我相互這麼說。

好想再讓母親多活個十年，所需的醫療費和看護費再怎麼都得籌措，於是我馬力全開努力工作。

即使如此，我也隱約感覺到母親可能不久於人世。之所以賣命工作，或許是因爲不願承認這個事實。

夏天因姊姊外出接手去看顧時，母親流了許多汗，出現脫水症狀。我餵她喝點水，冷氣調強一點，然後爲她擦汗、抹腳、按摩身體。

「好痛。快幫我想想辦法。」

母親說。

母親一直是個有欲求的人。單純地什麼都想要的人。絕不會給出去。總是堅守自己的美學，毫不退讓。

但我就是喜歡這種非常直率的人。

這種時候會說的自然也是「快幫我想想辦法」，想想不禁有些悲哀。

我已經放棄不知幾萬次了。不期待她會像是普通的母親一樣，會想到要照顧我。
即使如此，我自認和母親並不會彼此看不順眼。

因此，我盡心爲母親按摩推拿。希望多少能夠緩和她的疼痛。此外，也要表達感謝之意。即使身子孱弱還是生下了我，儘管人生艱苦仍然常保樂觀，我的心中滿是感激。

努力爲母親按摩推拿時，似乎可以感覺到最後的生命之光正即將離開母親的身體。可是再怎麼也無法阻止。

父親那時的情況就不是這樣。他完全不放棄。會將我付出的氣力如數接收，轉換成活過一天的能量。可是我認爲母親已經接受了事實，而且已經放棄了。

翌日開始，母親數度嘔吐，住院，吊點滴，而後返家。

這麼折騰之後，她的精神變得更差，我和小不點每天都會撥去的電話也開始不接了。

在姊姊告知「早上去請安的時候，媽就像死去一樣毫無活力。」的翌日，母親就像睡著似的與世長辭了。

在自家，前一晚好好吃了晚飯，還喝了點酒，早上醒來還躺在床上和最疼愛的姊姊講話，然後就睡著了。

這消息當然教我震驚。震驚到難以相信這是事實。

畢竟去年此時，我們一家四口還坐在一起吃飯聊天。

原本對我和姊姊而言最不願見到的就是，若是母親再出現什麼症狀或是跌倒，恐怕就要叫救護車送去醫院，隨即全身插滿管子，進入那痛苦煎熬等待死亡的住院期。

可是，已經不必再擔這個心了……

想到這裡，那安心、輕鬆、如釋重負的感覺著實令我詫異。

母親是個直率到有很多問題的人。但她維持損益平衡，貫徹一己的美學，也貫徹了絕不住院的堅持。是的，母親原本就是這樣的人。只是身體的虛弱奪走了她太多東西。

喪禮簡單樸素。

遺照上的母親拿著啤酒比出V字手勢。大家看了都爲之一笑。沒有氣切傷疤和打點滴造成瘀青的遺體，看來彷彿隨時都會醒來似的。

對我及周遭的親朋好友而言，一對堪稱偉大、努力走過大時代的夫妻離開人世，象徵一個時代的結束。

留下來的我，也將重回自己的人生。

希望我能逐步重拾自己想做的事，並和姊姊和睦相處。

也期望能將生活重心放在過去沒多少時間共處的丈夫和孩子身上，靜靜地實現自己這可能是世上罕見的古怪、獨特的生活方式。同時也能給予其他以自己的方式過生活的人一股沉穩的勇氣。

想要活得健康。盡可能把不健康排除。現在的我與一年前的自己相比升了好幾級。雖然好像老了十歲，但也換得了十年分的領悟。

接下來能寫些什麼、能做些什麼，就連我自己也相當期待。

父親過世的那段時間，以及母親去世的這段時間，難得回日本的小澤健二君都剛好回到東京。

而且，我因母親過世取消和其他眾人的酒聚，小澤君卻隨即在翌日趕來探視。看我的孩子變魔術，喝喝茶，雖然沒做什麼大不了的事，但大家心情似乎都平復了些。

在此前不久，我們也去過岡崎京子家，聊了許多令人懷念的事情，逗得岡崎小姐很開心。和岡崎小姐聊天時的小澤君是那麼不拘小節而且毫無隱藏。

這讓我再次肯定，他在歌曲中吟唱的美好事物，沒有任何虛假。

不是嘴巴說說而已，他真是個天使。

一個在應該現身的時候、出現在應該現身之處的勇者。
希望我在所愛的人眼中，也能永遠是這樣的人。

在這種時候遇上Hula的發表會。雖然我已經多日沒有吃好睡好，出門時還搖搖晃晃的，但看到大家的笑容之後便得到撫慰而掉了幾滴眼淚。每個禮拜都一起跳舞的她們，笑容是那麼美好，舞姿是那麼柔軟優雅，協調的程度令人難以置信。

散發出無比自信，個個宛若女神。

若非Hula，就絕不可能認識這群讓我自豪的朋友。

因爲睡眠不足原以爲非得早退不可，但看到那舞姿便精神爲之一振，於是等著和幾位好友一起用餐。一點也不覺得累。想多看看大家。她們怎麼都那麼美啊，我心裡想。

表演歌唱或跳舞，其實就是將歷經辛苦無趣的練習所得的技能或自信加以濃縮，並在瞬間讓觀眾見識奇蹟、獲得力量。

就和寫小說一樣。

我以文字為武器，她們以舞蹈為武器，為世界帶來和平。我這麼認為。

哦，舞我也有跳啦……！只是差在水準！雖然火候還不夠，但我也會繼續努力練舞。

兩個最重要的人在同一個月裡接連辭世，對我打擊實在太大，完全無法整理思緒。更別說父親在三月過世所帶來的傷痛猶在心底。

多麼希望母親能再堅持下去，露娜英年早逝更是令人遺憾。想到他們全都在辛苦對抗病痛之後終於得到解脫，或許再過不久，我就能釋懷：「這樣也好，他們已經都到仙境樂土了。」

工作起來也如平常般俐落，叫孩子起床，準備便當，每天都過得很忙碌。

每天早上起床時，我都會想起：

「啊，母親不在了，露娜也不在了。還有，連父親也不在了！太令人震驚了～！」

所以我不打算整理這情緒。覺得自己有拒絕整理的權利。期望在拒絕整理的情況下，有朝一日這震驚能完全滲入身體和心裡，成為自己的力量。

每逢這種時候都會寄電子郵件的露娜卻未來隻字片語。

「秀子，母親去世，想必妳非常難過。我會一直陪著妳的！加油！」

她絕對會這麼寫。

但不管看了幾次手機，都沒理應會收到的電子郵件，實在不可思議。

可是心中仍會收到電子郵件。而且我也都會回覆。和往常一樣，每當我看到美麗的風景或花朵時。

望著鏡子，露娜依然活在我的心裡。雙親也依然在我的血液裡。獲得了他們賦予我的力量，我依然活著。

心要追求愛
我又能做什麼呢？
不會有結果的這份愛
讓我的心好痛
從早到晚

腦海裡想的都是你
好傻好丟臉的我
該如何是好？

椎心刺骨的痛
會不會有淡去的一天？
好傻好丟臉的我
到底該如何是好？

月光實在太美
所以無法就這麼走開
請讓我在你身旁躺一下
只要一下就好

（李仙姬〈太陽雨〉，日文歌詞引自Maya）

希望以後做事別再瞻前顧後了。

每天都得面對決斷、冒險，以及試煉。即使軟弱，生命的旅程也依然持續。因此我絕不能軟弱。事實上，也並不軟弱。

母親過世前，為了盡可能讓她幸福地在睡夢中離去而不必住院，究竟需要多少錢，沒什麼金錢觀念的我越想越害怕，於是去丸尾孝俊先生的網路雜誌的「哥議區」（大哥的建議　笑）投稿，竟然獲得採用刊登了！

動畫裡的大哥說道：

「這位一定很會賺吧。」

這句話重重敲進心坎裡，讓我頓時安心許多。

威廉（William Rainen）如此，櫻井會長也是如此，Gets板谷先生同樣如此。抬頭挺胸活在當下的人，不論何時都是那麼堅強、體貼、思緒清楚。

這話絲毫沒有誇大。我就是喜歡這種人。雖然若要簡單歸類的話，大概就是黑道或靈媒吧……！

上回和會長吃飯，我無論如何都要請客，所以在收銀機前迅速掏出錢包，仍讓會長像變魔術似地搶去了先機。明明沒感覺到被施加了什麼力，我的錢包竟然在不知不覺中被塞回了提包，錢還是由會長付了。……這這這……不愧是雀鬼！

不知道有朝一日我是不是也能成爲像這個大叔一樣帥氣、做什麼都輕鬆寫意的大嬸。是不是能像大哥一樣盡情享受有趣的事物呢？

或許像Gets先生那種願意爲我兩肋插刀的朋友也會增加吧。是不是能成爲像威廉那樣即使身體有了殘疾，卻依然不倚賴他人並且實話實說的人呢？

邊夢想著這些，邊下定決心不再嘮叨抱怨，只要還活著就行動，盡情享受人生，最後就這麼直接上天堂。

露娜就是一直太勉強自己了。

那麼體貼、那麼有正義感、那麼忠厚、總是爲人設想，把自己擺在最後。

但是，我絕不會說：

「就是因爲這樣，妳才會生病的啊。爲了愛妳的親朋好友，妳應該活得更自我一點，別人的事就裝作沒看見，不要浪費自己的力氣，活得健康一點、長壽一點啊。」

以前的我，或許眞會這麼說。

但如今打死我也不會說出這種話。頂多只會勸她：多享受享受人生！多做些自己喜歡的事！

在我觀察的那段期間，比起那些打露娜眼前走過，嘴上只會說這種話其實不過是半吊子而且如今當然還活得好好的滑頭人物，我更加欣賞露娜母女倆那老是吃虧、缺乏算計的生活哲學。

「若是非得那樣過活，那還不如早點死了好。與其為了求生而活得那麼卑微，還不如燃燒生命賠上一切。所以，就去盡情享受。如此一來，到了天國還能暢飲美酒吧。」

親眼見識了露娜的生活與死亡，我變得打從心底如此堅信。

露娜，謝謝妳。

媽媽，謝謝妳生下了我。

我好愛妳們。暫時的，再見了。

11月

November

11月

在今年最煎熬的時期，我每天都靠看JOJO系列來激勵自己，所以在JOJO展的紀念派對上見到荒木飛呂彥老師，對我著實是莫大的鼓舞。

書中人物在走投無路、毫無希望的情況下依然努力奮戰，給了我超乎預期的勇氣。

在這段經歷罹患流感、父親的辛苦住院及過世、姊姊對抗病魔的九死一生、母親過世，以及摯友過世的時間裡，幸好有內含這種思想的漫畫陪伴，讓我相信「即使毫無希望，也要繼續走下去」。

原畫忠實地展現老師是如何辛勤不輟獨自畫出這了不起的漫畫。這場JOJO展就是如此震撼人心。

但最讓人開心的是，老師本人是那麼謙遜和藹，是個完全符合我想像的大好人。

從溫暖幸福的感覺中回過神來，發現兒子正在和安孫子素雄老師、丈夫正在和千葉老師合影……！果然都是自由自在的獨生子！

在韓國明洞熙來攘往的樂天百貨裡閒逛等候朋友購買化妝品時，兒子洗牌失手，撒了一地撲克牌。人來人往的百貨公司走道這麼窄，竟然給我出這種亂子。

「不是說過不要在這種地方洗牌了嘛！」

平常我就這麼認為，那當兒自然更是這麼認為。

當時我正好陪另一位朋友暫時離開座位，不料一回來就碰到這種狀況。

想當然爾，我先是斥責：「不可以在會妨礙別人的地方玩撲克牌！」又下令：「自己收拾！」只覺得這麼處理是理所當然的事情。

孰料在這混亂中，一位化妝品專櫃的美麗小姐竟然隨即蹲下幫忙撿牌。在道謝並和她互相微笑的時候，我感覺到現場的空氣都動了起來。

在意想不到的時候發生了意想不到的事，那意外卻讓空氣動了起來，讓人的心霎時得以接觸。就是這樣的感覺。

朋友們原本也帶著怒氣幫忙撿牌，但眾人間的氣流起了變化，彷佛空間突然出現了裂縫。

我不斷思索這件事，翌日大家一同走在美麗的紅葉步道時，突然有了領悟。

想必，戀愛就是在這種瞬間降臨的吧。在出乎意料、突現縫隙、放鬆的時候。所以，戀愛很難在集體行動的時候出現，受同性喜愛的女孩子凡事考慮周到，對戀愛反而遲鈍。

我行我素、搞不清楚狀況、邋裡邋遢、迷迷糊糊……先不論是好是壞，這種人自然比較會有異性緣。老天爺在那縫隙中施展魔法，也是很自然的事情。因爲任誰都喜歡悠哉、空隙、和緩，以及出乎意料的驚喜。

世間的一切皆是因果。這道理雖然清楚，可是「既然已經這麼做了，所以請那麼做」這種道理不知怎地卻是完全行不通，我認爲也很清楚。

輸入與輸出根本無法算計，無從得知種什麼瓜會得什麼果，這正是人生的妙趣所在，將此看得很單純（似乎事事都能如願以償）的人，只不過是腦袋裡沒有矛盾，和宇宙的關係透明而且通路寬敞暢通罷了。可是人一旦到達那個境界，就不會再一一想著「我要這個」、「那願望實現了」之類的事，我覺得結果其實是一樣的。

「自己循規蹈矩，心地良善、知情達理、乾乾淨淨，努力過日子。都這麼努力了，請讓我遇到一個好男人」……從前我當然是這麼想的。

但仔細觀察自己之後就發現，只有在身穿上下不成套的睡衣時、重重摔一跤時、裹了石膏拄著拐杖時、迷路時、生病臥床時、一頭亂髮趿著拖鞋去喝酒時……愛情才會降臨。

雖然恨不得能早點明白這道理，但我還是和合適的對象結了婚，結果算是差強人意，所以也無所謂啦。

即使如此，一直以來，以及在韓國的那時候，我都不禁會這麼想。

或許能夠欣賞這種空隙，就是一種人生的美。

和兩年前還幾乎完全是陌生人的朋友走在晴空萬里、滿城紅葉時的美麗韓國，感覺眞是奇妙。

倘若一切都能預見、都是命中註定、因爲自己是名人而交友更加謹愼、上Hula課時也因而板著臉與人劃出界線，那種時刻就絕不可能降臨。因爲從當時起就努力與自己認定喜歡的人共處，如今才能享有他們的陪伴。

最美好的就是，這不是令人悲傷的意外。我認爲是人生中的一件禮物。不，即便是令人悲傷的意外，也千眞萬確是一件禮物吧。想必在我死後也會對此有所體悟吧。

迷人的J小姐是Hula課的前輩。

一位美女，令人有些敬畏、具領導能力、舞技也很精湛、在舞台上特別耀眼、氣質出眾、待人親切……在台下的我一直很仰慕她。

後來因故和J小姐被編入同一班時，我超緊張的。心裡想，自己這點程度根本不配和她同班。

雖然比較熟稔的小紀也給我類似的感覺，但和小紀同班久了，慢慢就不再有「這一位是個厲害的前輩」的距離。

初次看到我這麼馬虎的舞蹈時，J小姐想必嚇了一跳吧。但她仍然親切地與我交談、對我微笑。

有一回，我在J小姐身旁拚了命試著跟上大家高難度的舞段，她對我說：「芭娜娜小姐，妳的阿羅哈手勢比得快了些。之後的部分都很好。」向她道謝的同時，我的心中滿是感動。

由於我已經有點年紀，腰不大聽使喚，左轉總是沒右轉那麼順，再加上不時請假，記性也變差，只不過是個微不足道湊湊熱鬧的角色，但J小姐竟然並不這麼認爲，平時就會關注我。

原本的我只會設法逃避、以笑容矇混過關，即使曾有想把舞跳好的時候也並未好好努力（話雖如此，遺憾的是到現在我也沒有跳得多好）。

原因在於，在女性團體裡，那可是相當相當複雜的事情。如今班上最頂尖的幾位舞者都是自信沉著，擁有看過一次舞就能完整重現的實力，所以待人相當親切。

但在前一班時，就有一種絕不能招搖的氣氛。

而職業本就比較顯眼的我，似乎是靠「請原諒我的拙劣，就當我是來搞笑的反正跳不好吧」的策略才得以待在班上。

現在這班的程度更高，而且還有J小姐……大家對舞技這麼差、卻仍想一起跳舞的我，就頗爲包容。

在那瞬間，J小姐對我這個後輩一視同仁給予正確的建議，讓我的內心有了改變。我因而得以戒除得過且過、嘻皮笑臉、總想往後面躲的壞習慣。其實可以趁換班級的時候結束舞蹈課程，但現在卻不知道何時結束才好了。

有勇氣以一句話改變他人的人，都是美麗的。

今年對我、對J小姐、乃至對教舞的卡布亞老師來說，都是個痛失至親悲痛的一年。可是，知道自己並非唯一有此經歷的人，就變得堅強了些。人啊，就是這個樣子。

衷心希望大家能和樂共舞，早日克服這一次的浪頭。

和父親過世時不同，母喪給我的打擊似乎連基因都感覺到了，彷彿不斷有重擊從內部而來。

怎麼也提不起勁，仍舊每天都過得像隻水母。

有天傍晚，我睡了個午覺（？），夢到母親在我家。我搬來這裡時，母親已經幾乎無法行走，所以從沒有來過。

「喔，原來妳住這種地方啊。」

母親說道。尚未癡呆，也還能走，完全是仍愛找碴時的健康模樣。

我哭了，而且是號啕大哭，一把抱住母親。

「妳這孩子眞奇怪，哭什麼啊？」

母親問。這也是母親難爲情時特有的態度。

接著就登上籠罩著強烈白光的樓梯。母親在白光中逐漸消失，終於看不到了。

我依然哭個不停，不斷地呼喚。

這時，母親在樓梯上說道：

「再見嘍！」

聽起來略帶沙啞，是母親眞想念一個人時努力發出的聲音。

醒來時，我仍在啜泣，心想剛才的事情一定是眞的，母親今日升天了。眞高興她能來跟我道別，因爲她走得那麼倉促，讓我沒能見上最後一面。

母親是個自我中心、任性、孩子氣、善良、直爽、迷人的人。

就連自己的缺點也毫不掩飾，完全不在意別人眼光，坦白眞誠過完一生，什麼也沒留下。沒有怨恨，沒有軟弱，也沒有遺憾。

父親就不一樣了。他在向形形色色的人抛下各式難以形容的線索後離開人世。潛藏在我心中對這世界的不合理的憤怒全都冒出來，天天過著憤怒到難以入眠的生活。

人生在世究竟是爲了什麼？助人爲善究竟有何意義？回報又是什麼？

父親過世前說了好幾次的「我好像懂了」究竟是什麼意思？

總覺得這其中似乎藏著什麼龐大、深奧的議題，對我來說是個重大的課題。希望能夠在往後的人生中弄清楚。

我想要解謎。不是尋求答案，而是想要不斷挖掘人生的謎。

話說回來，我打從心底以爲，或許是因爲經歷了這種痛苦，大叔大嬸們才懂得疼惜年輕人。

他們絕不會說：「你們遲早也會體驗這種感覺，在那之前就好好享樂吧。」

反而是「年輕時嘗過越多年輕的苦惱，父母過世時就越容易克服喪親之痛。所以我會替你們加油的」這種心情突然變得強烈。

只因爲年輕人年輕，所以想給予他們支持力量的溫柔，在我心中萌生。

看來年歲增長也是一件美好的事情，並不全然只是徒傷悲。

接下來的內容，可能和一個哈韓師奶的部落格差不多……

去年夏天，我迷上了韓劇《我的女友是九尾狐》，起初是因爲自己是女主角新慜娥的粉絲，連帶看到男主角李昇基時，突然產生一種難以言喻的感覺。

一種「咦？這人我知道。我一定知道」的感覺。

我覺得大部分的人看到氣質親切的他可能都會有這樣的感覺，或者是看到國內家喻戶曉的人物……比方秋刀魚先生的時候，應該都會有這種感覺，不過，這其實是一種令我不太舒服的感情。過去也曾偶爾出現這種情形。在見到我先生之前在雜誌上看到他的照片時，或初次看見剛出生的孩子時。

還有就是，小時候欣賞達里奧．阿基多（Dario Argento）的電影時心裡就想著：「這位導演是我自己的一部分」，後來果眞與他和他的千金接上了線，體驗許多看不見的合作案的時候。

有點像這樣的時候。

既不是墜入愛河，也不是眞命天子，總之單純是個認識的人。就我的情況來說，不帶任何感情卻覺得「啊，我知道這個人」的人，日後必定會相見。

因爲覺得似曾相識，所以非給予支持不可的人。

因爲他今天也在努力，所以我也非加把勁不可。

他是我人生的拼圖中的一大片。

父親臨終前那段時期，每天看他成了我的一大救贖。

甚至去新潟旅行時我也帶著《燦爛的遺產》，闔家在旅館看了一集，回程才去醫院探視父親。多麼令人懷念又感傷的時光啊。

接到父親過世的消息時，房間裡也正播放他的歌。

得知母親過世時也是如此。他的歌聲總是陪伴著我。

不論演出、歌聲、氣質……也就是說他的才華，蘊含著高度的知性與療癒的能力。我覺得他具有某種滿足「人在這種時候應該要有這種反應」這個期待的本質。所以，我們一家三口全都成了他的粉絲。闔家觀賞有他的節目、有他的連續劇，讓我們有了共通的話題和想去的地方。朋友都會送我與他有關的周邊商品，透過這個話題也交到了許多新朋友。他的才華成了我們的希望，成了這段時日難得的樂事之一。

眞的是衷心感謝賜予我這些時光的昇基先生。

在韓國出版我作品的出版社朋友們得知此事也非常開心，不僅幫忙張羅門票，同時似乎還向昇基先生的經紀公司提出種種請託，煩得經紀公司在我赴韓國之前還特別告知：「恕無法安排見面」。

我並沒有要和他見面、握手、合影的念頭，不過是希望有朝一日能和他合作一件大型的案子，所以對此絲毫不以爲意。

而且在出發前日的深夜，我似乎被病毒纏上，不但高燒到幾乎無法站立，還上吐下瀉，甚至打算放棄這次韓國之行。

後來形同一路爬到了機場，在飛機上跑了好幾回廁所，一抵達飯店就倒下，從早到晚除了水什麼也沒入口，但就連喝水也會吐……雖然勉強去了演唱會會場，還是覺得：

「唔～，即使是再喜歡的藝人的演唱會，都未免太辛苦了。」

於是折返飯店，睡得不省人事。

翌日病情稍微好轉，正準備趕赴第二天的演唱會時，突然接到消息：

「昇基先生想和您見個面，不過只有十分鐘，希望您能在演唱會結束後來後台。」

由於太過倉促，雖然覺得兩手空空赴約不太好意思，卻也只能去買自己的書以原子筆簽了名權充見面禮。

對身體稍稍回復的我而言，第二天的演唱會實在精彩，讓我再次肯定今年一整年都有他的音樂相伴何其幸運啊。

但出版社請來的口譯人員還眞是非～常兩光，不只日語，就連韓語都講得很奇怪。雖不似出於惡意，還是讓人不敢領教。

我只得硬著頭皮拜託撰寫昇基先生部落格，總是迅速分享情報的Maya：「不好意思，能不能陪我去後台？因爲只方便帶一個人，得麻煩妳的朋友先找家店坐坐。」幸好做了這個決定。因爲原來Maya也會講韓語。

如此這般，經過一波三折，雖然只有短短一瞬，但終於得以透過Maya的翻譯與昇基先生會面。

本人給我的感想是：「我果然認識他」。

英俊瀟灑自然不在話下，身爲韓國當下最紅的藝人，保全措施也相當嚴密，臉超小，個子超高……但我心裡想的還是：

「希望有朝一日能和這個人攜手促進日韓的和平。」

就如同我與達里奧．阿基多之間的交集，以及後來與他的千金之間的交集。雖然表面上看不大出來，但那是爲了各自在崗位上助人時，可以相互勉勵。

那是緣分，是命運，不是自己所能左右的事情。

比方說，即使我再喜歡根碩，也沒辦法把他打包帶走。希望能將達里奧．阿基多換成史匹柏！這麼一來就有更多預算和更多好處！即使我這麼想（笑），這種事也還是辦不到。

即使大家握了手、合拍了照片，事情也不算完成。只能順其自然，期望有朝一日能有什麼交集。我想，這只是第一步。

……好吧，其實現在才要切入正題。

Maya的朋友，兩位韓國小姐以及一位從關西來的小姐，不僅在店裡等候，碰面時還滿臉笑容對我和Maya說：

「我們知道妳們去見了昇基先生。不過，我們也知道自己不方便跟著去。所以請不要在意，只要把經過告訴我們就好。」

同樣是粉絲，但她們既不嫉妒、也不忿恨，想來還眞是不簡單。想必也是經過一番天人交戰，才調整出這種心態面對我們的吧。實在是了不起，我心裡想。唯有感動兩個字足以形容。

大家一起用餐（而且還偷偷去結了帳。明明原本說好讓我請客的！）談笑，宛如相識多年的好友般同歡，讓我的心中滿是溫暖。

僅是同一藝人的粉絲，竟然就有這種宛如摯友的感覺。如果我的書迷相聚也能一同度過這種溫暖的時間，我也會備感幸福。不禁覺得，自己之所以如此努力寫作，就是爲了創造這種氣場吧。

在那不住上吐下瀉的幾天裡，就連摔個跤也爬不起來的我，發現了一件事。

「我的腸胃，現在除了水、蔬菜、豆類，和味噌湯以外，什麼都無法接受！」

既不能飲酒，也不能吃肉。咖啡和茶也都不行。大概是多次胃酸逆流傷了消化道，吃什麼都覺得不舒服，一點辦法也沒有。一天就瘦了兩公斤。

是不是可以出一本《恐怖的諾羅病毒瘦身法》啊……

即使處於如此狀態，只要攝取水、蔬菜、豆類，和味噌湯，我還是可以得到充足的營養。

這下子，豈不變成素食主義者了嘛！

也就是說，我親身體會到，爲了食用並消化蔬菜、豆類，和味噌湯（或僅含少許食材的清湯）以外的東西，人消耗了相當多的能量。

牛丼、啤酒、鍋貼、燒肉，或其他任何重口味的食物，若是精神不濟或身體狀況欠佳，可就無法消受。

雖然我絕非那種就此便朝「好，那往後就不再把能量浪費在消化上，只吃對身體有益的東西」的方向前進的類型，也打從心底認爲這種事就留給那些想做的人去做，但還是不禁佩服素食主義的「以最低限度的攝食與最高的效率獲取營養」果眞是先進且合理的想法。至少這種事在原始時代是很難辦到的吧。這種想法唯有在文明的生活中才能成立。

爲什麼不就此身體力行呢？主要的原因自然是我驚人的食慾，以及對人類經年累月發展出的飲食文化的敬意，但更重要的是，我實在不大喜歡「爲了什麼目的而做某件事」這種像是交換條件的感覺。

就是不喜歡，沒辦法。

之前也曾提過，輸入與輸出之妙，是我想知道的事情，所以沒辦法。而且不論是哪個人的哪種偏好，我覺得都應該有某種程度的優先權。若非如此，人類恐將因失去多樣性而滅亡。

人都是一樣的，擁有一個共通的起源，這部分我確信沒有問題。但爲什麼會有如此多單獨的個體呢？我認爲這存在的意義，是爲了表現出各自不同的喜好，也爲了學習即便如此也能夠相互包容。

如果喜好的是殺人、戰爭，或傷害他人，若是將人類視爲一個巨大的個體，那自然就有如癌細胞，應該會往排除的方向運行才對。

回到個人喜好，雖然「爲了健康」、「喜歡動物」、「最近看了太多殭屍片」都是可以讓我成爲素食主義者的充分理由（笑），但若要放棄肉食，體質虛弱的我心裡想的肯定會是「既然放棄這個，請給我健康」。

我不希望自己變成那樣，因爲我不願像那樣去算計以什麼換得另一個什麼，因爲那不是我的喜好，如此而已。

喜歡繞遠路、喜歡看到縫隙、喜歡欣賞複雜的心、生存的本能……不論怎麼稱呼都好的那某個原因，這回又阻止了我踏入素食主義界。

話雖如此，雖然對外食採放任制卻也會留意只吃八分飽、在家只吃經過輻射檢定的蔬菜、不吃白飯、每週只吃兩次肉，自認還算是注意健康。也感覺這種留意確實對自己的身體狀況有所影響。即使如此，我也知道這樣的自己對飲食的關心若是超過必要程度，便形同身體及精神狀態亮起了黃燈。對我而言，能夠不去想太多而享用美食的時候，才是健康的狀況。

我覺得最重要的，就是對自己要有清楚的了解。

參加了飴屋法水老師在國東半島辦的藝術旅行。

由於我非常喜歡的zAk先生和朝吹眞理子小姐都參加了，相信精彩可期，再加上自己的祖籍是九州，對此行自然是充滿期待。

詳情於此不再贅述，但果然不負期待，結束之後過了越久越能體會這個活動的意義和價值。

在國東的大自然中，每個人都充分發揮自己的才華，雖然創作風格不見得都是明朗快活的，但這就讓人非常開心了。

詭異、不祥、悲傷、腐朽……飴屋老師不時施出渾身解數去表現這些事物之中所含的生命痕跡。並沒有特別做些什麼，只是選擇旁觀、與之共存而已。而且是徹徹底底，就躺在旁邊。

雖然給人一種為孩子們創造未來、相對樂觀、正義的感受，但我認為這應該是來自他那海納百川的態度。

通常他並不會表現出性格中那極度的親切。那親切與殘酷的冷靜互為表裡，兩方都過於深奧而難以言喻，不過沒辦法，這就是他的才能。

但我覺得，這回的他似乎毫無顧忌展現了那親切與溫和。

畢竟這回的對象是大自然啊，我心裡想。

而他的千金，也讓人覺得彷彿是夫妻倆為了協助表現出他的世界觀而生下來的。她的才華業已開花。不論往哪兒一站，那裡就能化為舞台。她的身體能力足以與父親匹敵，天眞可愛、堅毅，與良好的品味則遺傳自母親。

唉，不變的東西是美好。持續不輟的東西同樣美好。儘管美好，卻因爲過於理所當然而缺乏意義。

我就只有這樣的感覺。

飴屋老師、以及其他朋友，謝謝你們。

再次來到孩提時代之後便不曾造訪的別府，在某層意義上此地變得相當冷清，在某層意義上卻仍然還有活力。與昭和時代相同的街景，昔日繁華的痕跡。

總覺得九州人即使在澡堂裡惡作劇，似乎都帶著幾分溫暖。

看到這種景象，不禁就覺得這是個好地方。令人懷念。

吃了鍋貼、碰巧遇到幾個書迷一起聊了聊、在夜路上優閒散步、嘗了嘗名店Choro松的鴨湯、飽覽九州的夜、也觀賞了散布市區各處的藝術作品。

但在欣賞過格外認眞的飴屋老師的創作後，就覺得其他藝術計畫都像是遊戲。自己對此極度缺乏探究之心以及以嚴格意義來說對世界的愛。這才明白，原來自己之所以鮮少去欣賞各種藝術創作，是因爲不願意看見自己所欠缺的東西啊。

不過這麼說絕無絲毫否定的意思，畢竟每個人都是在不斷練習與淺嘗的過程中逐漸深入的。我覺得每個人只要盡其所能就好，因爲大家都有各自的長處。

不過是誠實地認爲自己的心不會爲此所動罷了。
飴屋老師的作品徹頭徹尾地撼動了我的心。
之所以去觀賞，正是因爲想體驗那震撼。
讓我理解這其實是理所當然的事情，飴屋老師實在是個難得一見的人物。

12月

December

12月

去年和威廉見面時，他說過大意如此的話：「明年會是非常不得了的一年。雖然全年會發生許多意想不到的事，只要以積極正向的態度逐一克服，妳就會變得更健康。好好加油。」這番話讓我有些緊張，不知到底會碰到什麼事，不料好多事情完全超乎緊張的程度，根本殺得我手足無措！別說什麼積極正向，簡直就是自暴自棄。

不過，想想明年應該也會碰到形形色色的事，而且自己也不至於有多不幸。當然，人生的確有許許多多一點也不有趣的麻煩事，但還是要盡己所能讓自己活得幸福。

我認爲只要身子還能動、飯還能吃，就算幸福了。

只要是有過一次連那都無法做到的經驗，或是像我這樣體質非常糟的人，都能深刻領悟那就是無比的恩賜，因此大多時候都會覺得幸福。

況且，世上每一個人遲早都要經歷父母的過世。

就連摯友露娜的過世，也不算是死於不幸。英年早逝固然令人扼腕，但長壽也不見得就是好事。露娜的一生是如此燦爛，已無愧於任何人。

的確，無法再見到摯愛令人難過，不能直接表達愛語讓人失落。但正因如此，活著的人談論或寫下哪位親朋好友去世的經驗，只須聽著或讀著，不論是有共同經歷的朋友抑或素昧平生，都能共同擁有那體驗。

除此之外，與不久於人世的人共處的經驗，也會讓自己變得能夠善待所有的他人。所謂長大成人就是這麼回事吧。

誕生的孩子繁多，逝去的人也累累。思想會因此而更有深度、自己的容量會自然而然不斷增加、智慧也會增長。

這全新的體驗之中再次令我訝異的就是，「父母的家」竟然在幾個月內就轉為「姊姊的家」。

雖然仍有許多父母的遺物，內部陳設也沒什麼變動，但這我曾在其中度過高中及大學時代的屋子，如今已成了姊姊為了過自己的生活、周遭也由姊姊的朋友所構成，姊姊專屬的家，也是我為了與姊姊見面而造訪之處。

而現在的我對此竟已習以為常。

這是最令人匪夷所思的一件事。

想到人的適應力竟然有這麼大的容量，益發讓我覺得這個世界果然毫無界限。

這點是相當重要的。

自己在目前生活中的所作所爲究竟是因爲習慣使然，抑或因喜歡而做，恐怕就連最聰明的人都難以分辨。

若是因習慣而接受，人生就可能改變。

不過前提是眞的想改變。

尖峰時段的擁擠電車、讓人提不起勁的會議、貸款買的房子、一成不變的酒聚、骯髒的房間、零嘴點心、熬夜趕工、飲酒、抽菸、吃肉、上健身房運動、與朋友閒扯哈拉、癱軟地看電視、去聽演唱會、跳舞、背著行囊去旅行、上高級餐館打牙祭……或許全都是如此。

我認爲，有很多事情，之所以覺得有意思，只是因爲自己習於認定那些事一定很有意思而已。

一旦發覺自己覺得有趣的事，在他人眼中卻一點也沒有意思，應該就更加清楚了。

可是，一旦發現了這一切，情況就會變得難以收拾，空出來的時間也會令人突然感到不安，要保持均衡可相當不容易。

一個人覺得「好玩得不得了、非常有助於放鬆、簡直是爲此而活」的特定事物，和因犯將洗澡、吃飯、看電視視爲生命意義一天一天活下去……或許並沒什麼不同。因爲習慣了，所以會在其中找到樂趣。「不不，我可不一樣，別把我和那些因爲犯罪而被剝奪自由的人混爲一談。」有誰能打從心底如此反駁？雖說除了瀕死的靈魂出竅，鮮有機會能從既有框架之外檢視自己的人生，但一旦看到了，發現不過是這麼回事，往往會大吃一驚。

母親爲了避免氣喘的老毛病發作，經常極力打掃，就連每回入住旅館也要將房間打掃一遍，擦過地板，再噴上除蟎除蚤劑才放心，行李非得整整齊齊仔細打包才肯出門。唉，如果那樣沒有影響到家人還無所謂，問題就出在總會連累全家，讓大家度過了許多感覺像是苦行的時光。

但晚年的她總是賴在床上，很少刷牙、不常換衣服、也懶得洗澡。可是氣喘卻完全沒有發作，過得比往昔優閒，也經常會笑。

既然如此，過去那些苦行的時光若是活得快樂一點豈不比較好，單純的我馬上就這麼想。

唉，正因爲是這種事，也讓我覺得單純一點不是比較好嗎？

那唯有瀕死方能經歷的跨出框架體驗，我自己的情況是，在筆力還不夠的時候，以嘗試錯誤法寫出一部作品。好不容易帶著或多或少的才華與寫作技術走到今天，我希望能盡可能把這種感覺給寫出來。

在日常生活中，我愈來愈覺得別把非做不可的事列爲優先，不妨試著將快樂的事稍微排在前面點。

再來就是，做快樂的事情時，要盡可能與快樂這種抽象的概念保持最遠的距離，以踏實的方式運動身軀，這是訣竅。

這種嘗試突如其來的效果，常常會令人大吃一驚。

因爲如此一來，後面工作所帶來的不快就有消解的機會，結果反而有助於節省時間。

還有，由於自己也在場參與，拋掉抱怨的心態也相當重要。

我成長於一個經常有訪客的家庭，所以只要與人相聚，就會要吃點什麼喝點什麼。這是我可能一輩子都治不好、也沒必要治好的毛病，但對我先生那樣來自安靜家庭的獨生子來說，有時不免覺得痛苦。

學會適應這種差異或許很重要，但同樣也不要勉強對方接受。需要勉強別人時，也許只要帶著耐心稍稍勸說一下就好。

或者讓對方在無防備下參與，而後在未露疲態之前放人。

還有，被迫參與不善於應付的活動時，要有低聲但明確說No的勇氣。

但同時，若是遇到稍有不願的事情都說No，就無法拓展人生的可能性而停滯不前。同樣的面孔、同樣的話題、少少的刺激，然後又過回同樣的日子，若是這樣，十年光陰會在轉眼間虛度。熟面孔會讓彼此安心地聚在一塊，但若不各自出去旅行帶回新話題，就不會有任何改變。

就好比特地去了巴里島，卻嫌蒼蠅太多吃不下飯。可是，即使住進到處噴過殺蟲劑、人工化的飯店還認爲巴里島好玩，看到的還是和普吉島、馬爾地夫、夏威夷沒什麼兩樣的景色，像是游泳池、海灘、鳳梨可樂達等等，非常無趣。

如果覺得這樣就好，我也沒話說。

或許也有不少人寧願一輩子安安穩穩，覺得不去看既有框架外的世界也無所謂，這我也沒話說。

雖然說了這麼多，但光是活著就夠讓我開心了，自然也很能理解那種想法，完全無法否定。

因爲人是自由的，責任都只能自己一個人承擔。

只是對我而言，那框架的模樣、打破那框架又將會如何，人生光是去探求這些事情就已經夠忙碌的了，可沒空窮蘑菇。

好，話題再拉回來，談談老家。最正確的說法就是「最好是父母親永遠不要走，老家一直都在，但既然都這樣了，只希望姊姊能快樂地在那裡生活，所以我已經習慣了。」

現在的我，非常能夠理解癡呆的老人那種「想回家」的心情。

我想回去的，應該不是如今成爲姊姊住所的老家，而是曾經住過，隔壁是兒時玩伴植松君，位於千駄木的家吧。也就是我度過孩提時代的家。

所以，我已經沒有老家了。

只不過最愛的姊姊有了一個新家。眞是不可思議……

我只從老家接手了一件父親的遺物，據說是祖父親手做的衣櫥。在父親生前就說好要給我的。雖然其他還接收了啞鈴、沾有血跡的記事簿、還有放大鏡，但大件物品就只有那衣櫥。

起初每次在自己家裡看到都會很難過。

「唉，衣櫥在這裡，就表示父親已經過世了。」

每次都帶著幾分驚訝這麼想。

可是，如今看到那衣櫥，心中卻會湧現希望。

一想到那是個隆冬下著大雨的日子，蓮沼、我先生、還有犯腰疼的石森叔叔、以及堂哥，一夥人還合力幫我搬到家裡來，心中就有一股暖意。

如今，那代表一個讓人覺得踏實的，嶄新時代的回憶。

生者，還得為其他生者繼續活下去。

和露娜的媽媽通電話時，她說了這樣的話。雖然不記得當時是怎麼說的，但大意如此。

「一想到去年的這個時候她還在，我就難過得不得了，但又能怎麼辦？再怎麼大哭大叫、打滾撒賴，她也不會回來啊。」

語氣非常開朗。

但唯有經歷了大哭大叫、打滾撒賴之後的人，才能夠用開朗的語氣那麼說。

我認為，只有體驗過同樣心情的人，才能僅由對方的語氣就聽出這一點。

發現自己實在太過天真，是在景氣真的變得太糟，出版社開始拋棄作家的時候。雖然用作家這兩個字似乎有點語病……

其實，出版社開始拋棄的是文化。

在可以用其他許多辭彙替換「出版社」和「文化」的現今，我認爲這是到處都在發生的事。

並不是要唱悲歌，也不是說「快幫爲出版界盡心盡力的我想想辦法」，只是感嘆不景氣竟然已經到了如此嚴重的地步。

在不久的將來糧食不足和飢荒發生之前，人類必須盡快設法因應。以現代的技術，應該不至於坐以待斃才是。

每逢不景氣就先砍掉文化，是美國出版社的做法，可我深深感覺到，日本竟然已經變得如此美國化了。

我在此略事思考。

在自己事務所的收支情況也變得日益嚴峻，於是將數名員工的薪資由原本「共產主義大鍋飯模式」多少朝「視能力與時間稍微變動」調整的時候，自己是否也有同樣的心態？是不是眞的純粹以能力判斷，沒有絲毫個人看法、好惡，或偏袒？

結論是，自己最不想做的事情就是「裁員」。由於當時是本著這種心態去調整，因此自己認爲是「還好」。

那麼，若要問如今是不是「僅是努力維持不要裁員的狀態？」我可以很肯定地說自己的成績可沒那麼糟。但也因此認爲這樣下去絕不是辦法。

這讓我感嘆，自己果眞屬於一個成長於美好時代、相信牧歌式優閒情調的世代。

舉個不至於得罪人的例子，在父親晚年，我原以爲即使放著不管也一定能出版一套全集。

不乏有這意願的編輯，連目錄都編好了。

但預算就是怎麼也沒有著落。不管哪家出版社都一樣。

儘管最後還是沒能幫我出版（笑），但即使超級忙碌也不願壓榨責任編輯，獨自扛下責任並經常與我討論的文藝春秋平尾先生，我自是非常感激。所以只要平尾先生還在那家出版社一天，我應該就會繼續和他們保持合作關係。對於在我有需要時能不嫌麻煩出手相助的人情，我自然得回報。後來我也以有形無形的方式回報了他的恩情。

在打聽過市面上的全集的各種情況後，這才知道即使是前都知事石原先生，也沒人會無條件出版他的選集或全集。

雖然我並沒有支持他，但他自文壇步入政壇的獨特經歷，作品的品質也相當高，我覺得爲他出版應該是理所當然的文化格局才對。

都一輩子從事這工作了，若是連爲他做個總整理的預算都沒有，世上少了出版這事業似乎也無所謂……

唉，要是連愼太郎先生都有困難，家父想必就更困難了吧。

老實說，全集能否出版，我並沒有多在乎。

一來父親的事業成就並不是靠有無全集來判斷，況且父親的人生要比他的事業成就更加偉大。這偉大影響了許多人，也已由他們繼承，所以根本無所謂。

即使如此，總覺得大家看到可能會立刻大賣的作品就搶著出版，一碰到選集或全集之類八成賣不動的話題就躡手躡腳悄悄開溜。

長此以往，大發展的餘地就絕不可能出現，只能在安全牌中擦出一點小小的火光。若是《航海王》因爲不那麼受歡迎，只出了一集就收掉，或是《JOJO的奇妙冒險》一開始就因爲不太適合出現在連載，在第一部就結束，如今集英社不知會是什麼情況？若是荒木老師想到東京發展時，有人勸他「風險太大，死了這條心吧」，又會是什麼情況？

或許是因爲企業的判斷與投資沒有走那種炒短線的路子，才能有今日的盛況……

總之，在作家或藝文創作者圈子裡所聽到的，好像除非上一代坐擁不動產、擁有外國籍、或者是共濟會成員什麼的，全都充滿了無力感，就連問到有沒有考慮出版哪些人的書，會誠實表示「雖然個人有那個意願，但坦白說，這會害公司倒閉，所以不可能！」的人都也一個都沒有。

只會說些場面話，既不沾鍋，也不動手。

這種人比黑道更齷齪、比地下錢莊更無情。曾聽錢莊業者說：「最痛苦的是明知債務人的小孩在家還得去催帳，但更痛苦的是有些債務人利用這一點而故意讓小孩來接電話。錢明明是自己欠的，卻用那種手段逃避，看了就有氣。」想必眞是這樣吧。

總之，他們心底想的和表面上的溫和謙遜完全不搭。

認爲企業應該投資藝術以守護文化，原來不過是過度習慣和經濟蓬勃時期的海外，尤其是歐洲或猶太文化圈、或經濟成長時期的亞洲各國合作的我的天眞傻話而已。

「話是這麼說，但吉本小姐的作品這麼暢銷，還不必擔心吧？」雖然常聽人這麼講，但事情並非如此。就連藉我這種程度的知名度，想只靠寫小說餬口同樣是非常艱難的工作。

因爲希望能創作出好作品，我必須保有多樣的其他工作，才能專注寫出一部小說，在許多地方即使報酬不多，自己都用心投入，但不僅完全感覺不到守護文化的氣氛，甚至聽到的盡是「用餐的話去再高檔的地方都沒問題，但取材費可是一毛也沒有」、「能以低成本執行的案子要多少都行，否則上頭可不會撥錢」、「還請盡可能免費幫我們這個忙」、「出版不會熱賣的書或許有成就感，但既然註定不會暢銷，稿費可能只有這樣，還請包涵」、「收到原稿了，可是還沒有空拜讀」、「因爲實在太忙，沒讓您看校樣就直接出版了」、「由於打算繼續拜託您，下一期的預告就先把大名放上去了，眞不好意思。那麼接下來就有勞您了」、「字太小讀起來很累人，所以沒校對到，實在抱歉」之類的玩笑話，而會試著努力行銷、努力推廣、即使不收錢也放手去做日後必定有所回報、或願意嘗試投資的熱情卻總是零。

這個樣子，也難怪現場的人個個慘遭中場利一老師修理……

因此，明年我基本上仍打算維持和非出版的企業、或國外出版社的合作。也想做些把己所知傳達給大眾的工作。

過去我曾參與一個班尼頓的廣告案，在現場與路西安諾先生（Luciano Benetton）共事。他那清晰的思緒令人覺醒振奮，也讓人對日本的業界感到悲哀。

當日方人員仍站在一旁東張西望、忙著交換名片、聊八卦、點頭哈腰的當頭，班尼頓的化妝師、攝影師、文案，和造型師已經幹勁十足俐落地開始工作了。只要看一眼，就知道他們過的是什麼樣的生活、對哪方面的感性特別敏銳。

甚至能夠理解，爲何他們俐落地完成工作之後便會立刻走人，各自回去做自己想做的事。阿宅回旅館敲電腦、愛跳舞的直奔夜店、喜歡血拼的去逛街。因爲這些對他們而言都是即使犧牲睡眠都值得的事，而且除了有助於翌日繼續充滿幹勁上工之外，也全都和工作息息相關。

當我向朋友提及此事，得到的回應是：

「妳眞的很喜歡外國耶。」

但事情並非如此。

不，或許眞是這樣也不一定……

在我成長過程中的日本，雖說污染公害相當嚴重、貪污瀆職也十分常見，不是事事都盡如人意，但至少許多人有自己眞正喜歡做的事，也有不少人在那上面互相幫助並與他人分享。或許是成長於那種時代，讓我無法適應現今的氣氛也說不定。

喜歡卓越出色的事物，因爲能讓人心情好，能讓人神清氣爽。

不喜歡平庸拙劣的事物，因爲會使人無力，會使人昏昏沉沉。

自己平庸拙劣之處，會有那方面卓越出色的人來爲我補足。人人互補，才能形成一個調和的圓。當然，其中有的是滿滿的愛、包容對方缺點的愛、對作品的愛、對現場的愛。

然後以最簡短的美好形式發送出去。我覺得，這便是工作的本質。

森先生也常說，因爲出版社仍舊以Masuo先生活躍時期的方式營運，一碰到不景氣便自然就變得軟弱無力。

若是日本的經濟衰退，海外企業的廣告收入自然也會減少，因此而苦惱的人想必非常多吧，但這些是老早就知道的事。

也就是說包括我在內，大家的危機感都是零。碰上亞馬遜進入市場，當然贏不了……或許那牧歌式的優閒部分才像是日本，要說好也的確是好，但要說任由他國宰割，也只能任人宰割了。

這很可能是場長期戰爭，一不小心說不定就這麼得將自己整個打包出口，下場非常嚴重，不過這也無可奈何，因爲日本並沒有想要守護自己的文化，怪不了別人。

說再多也沒用。不過我並不是在罵誰，只能放手去做。

因爲希望將來能死而無憾，只能痛快地活下去。

一心希望能創作出好作品，但至死都沒能獲得認同的人非常多。

事實上，我就認識不少。

我也知道曾有那樣的時代，出版社會暗中支持這樣的人，雖然只能勉強擠出一點幫助。

如今似乎並非這樣的時代。

相信我能夠以文字工作者的身分活下去。

已經沒時間了。這個社會多少得有些改變。若是不將日本拿回來（笑），日本的優點就幾乎要滅絕了。這個國家明明原本有那麼多優點。

至少我要把日本的優點傳承下去。向全世界、向未來的世代。

當然，和我有所往來的編輯全都是好人，經常因夾在作家與公司之間而受苦。他們大多沒有動支的權限，因此我對他們並無絲毫恨意。我深愛著每一位，也希望能繼續和他們合作下去。

可是，我有種感覺，自己在日本的時代好像已經進入了倒數階段。我盡可能想留在日本，也希望能繼續喜歡日本。因此決定盡最後的努力，儘管力量很小，但放輕鬆，以哼著小曲的心態去嘗試。

　　爲了答謝哥議區的協助，我去了印尼拜訪大哥（丸尾孝俊先生）。此行唯一的目的就是致謝。既不是想要零用錢、討土地，也不是要買地建屋或者尋求致富之道。

　　既然目的是致謝，因此也沒有打算找誰幫忙。但小黑（酬勞僅漢堡一個）及川口（酬勞僅錦松梅一箱）還是出力爲我張羅了交通和住宿，著實幫了大忙。

　　我成長於舊城區，周遭有許多昔日打扮的飆車族或黑道人物，但那環境卻很令人心安。即使目擊流血鬥毆，也總會出現能將場面控制下來的高人，讓人得以放心。雖然我是個戴著書呆子眼鏡的小女生，但大家對我都很好。

　　女人的本分就是當個女人，再來就是謹守對男人的人生和圈子不多過問的原則，只要持續勤懇可靠，並且各以自己的方式（老大的女人以美色或撫慰，部下的妻子以支持部下的方式間接地）追隨擁有威望的老大貢獻力量，就不會出現任何問題。大家都是那種時代的人。

　　因此，以那種原理運作的好比雀鬼會或者和僑會，就相當令人懷念。

　　……可是有越來越多朋友越活越似（相似?!）黑道又是怎麼回事？原來世道已經變得這麼不好混啦。

　　實際碰面後，我終於明白大哥究竟厲害在哪裡。

做無趣的事或賭氣時都能自得其樂，只要在無聊事和無聊事的縫隙間閃現少許樂趣，他都能馬上抓住。直覺敏銳，絕對不會說出什麼奇怪的話，卻也不會強迫別人，而且不論是什麼樣的人講話，都會一視同仁耐心聆聽。隨時都有點想打瞌睡這點超可愛，但行動起來的幹勁又是帥氣十足。

令人感激的是，大哥所說的趣事，讓我和千穗笑到眼淚都流了出來，心中的陰霾一掃而空。

每個人從小都活在父母的影響之下。

爲了往後能過父母那樣的生活，大家都在沉默的強迫下被洗腦，以習得適合那種生活水平所需的知識。

好比，在餐廳裡該如何表現，好比，見到父親的上司時該如何表現，哪些話讓鄰居的大嬸聽到了會變成流言，就屬於這類瑣事。

大哥的成長過程完全稱不上幸福，但拜此之賜，他一點也不會自我設限。這帶來了什麼樣的驚人結果，只要見到大哥就會明白。

我覺得，沒有自幼受「要早睡」、「要多吃青菜」、「要早起上班」等觀念影響到跡近洗腦的程度，就是他了不起的長處。

這麼一位大哥所打造的世界，是個彷彿永遠在放暑假的世界。

屋裡永遠都有人，絲毫不會寒冷，有很多動物，去到那裡一定能碰到某些熟面孔，肚子餓了一定有東西果腹，大家都能享受到大哥的保護。

但那畢竟是經手大量金錢的機構，保全自是相當森嚴，也會讓人產生緊張感。

但也正因爲那緊張感，讓他家中的團結感、安全感更顯強烈。

我好像想到了每年夏天那些前去土肥探望父親的人在尋求些什麼。他們想要的，是家人，是如同父母般關心自己的人，是安全感，是人際關係。

人果然能過自己想要的生活，只要夠專注，就什麼都能實現。之所以無法專注，不過是因爲自幼就受到父母或社會所加的限制，人的能力其實是深不可測的。

果然就是如此，我確實這麼以爲，並打算進一步拋棄自己的侷限與固執。見到大哥，讓我完全確定了這一點。

每次見到向大哥徵詢意見的男人聽著哥議，個個眼睛閃閃發光，彷彿都返回了他們在孩提時期應有的模樣。每天看到這個景象，都讓我備感幸福。

因爲我覺得世上最堅定的情誼應該是出現在男人爲男人所吸引時，這場面總讓我爲之振奮。男生就該去外頭玩！玩個痛快！

巴里島的大自然從早到晚都那麼鮮活，讓人得以隨時補充能量，不睡覺也不太覺得累，而且無須爲任何瑣事煩惱也能把日子過下去。被牛叫與雞啼喚醒是有趣的。以人聲吟唱的可蘭經爲背景音樂入眠是幸福的。

人果然不能失去動物，但也不能變成動物。必須運用智慧，保持健康，日日在維持均衡中超越自我。

我認爲這就是基礎，是原點。

即使大哥和我也都不是沒有敵人，曾遭欺騙，背叛的人也所在多有。

但只要活在世上，那些都是理所當然的事情。

既然有閒工夫爲那種事鑽牛角尖，不如動動身子，多去認識些人，多增加點歡樂，爲彼此增添活力。

人生就這麼一回，爲何非得自我設限過著不自在的日子呢？這讓我非常不解，也希望今後能寫作去探討這一點。

原以爲自己作品的主題是「時光一去不復返，所以要把握當下」，但似乎不是這麼回事。追究到底，應該是「打破框架的過程」才對。

謝謝你，大哥。

在巴里島，內加拉（Negara）……

川口：「吉本小姐是明天回去對吧。」

我：「說什麼哪，川口，是後天啦。眞是的，要把我們的行程記清楚啊！」

川口：「對不起……原來是後天。人實在太多，所以搞混了。」

我：「看在川口這麼忙的分上，我就原諒你吧！但別忘了安排回去的車喲。」

川口：「好的，沒問題！」

說著說著，我忍不住輕輕給了川口一拐子。

但搞錯的居然是我們自己。悠悠哉哉出門，吃了三碗牛肉丸湯，參觀別墅，開開心心地在回程盤算今晚的行程：「先去游個泳、小睡片刻，吃晚飯，深夜再去大哥家～」，並先到大哥家瞧瞧，突然聽到大哥說：「這表竟然停了。讓我對一下時間。今天幾號？」一旁的中先生回答：「二十號。」的時候，我們還說：「不是吧～。」但其實這時再不動身就要趕不上班機了。我們這才猛然驚醒。

「大哥！對不起，現在得趕快走人了！我們搞錯了一天！」

接著便匆匆忙忙跟大家道別，在他們的協助下飛也似地趕往機場，好不容易搭機返國。

還真是糊塗呀～。

大哥：「這裡畢竟是南國嘛，一定會有這種人。如果去機場的櫃台，每天都能看到兩、三個喔！總之到了櫃台，就說：『我是吉本芭娜娜，拜託讓我上飛機～』試試看怎麼樣？」

川口對不起，我竟然還打你拐子。

大哥，再次感謝你碰巧讓我們聽到了當天的日期。不，這絕非只是碰巧。大哥果然厲害啊……

後記

很可能是人生中最不順的一年，也是最難忘，成長最多的一年。

那就是我的２０１２年。

不是受人委託而寫的就只有網站的這個系列，不但作家度比自己的本體增加了三成左右，也採用了盡可能將事情說到底的文體，暢所欲言（笑）。

其中也硬是採用了稍微複雜，無法讀過隨即就能意會的寫作方式。

如果是小說，最重要的就是讓人讀懂，網站則主要是著眼於「一同思考」。於是採用了先印在心裡，而後不知不覺間一同有所領悟的書寫方式。因爲現在是一個唯有自己思考去找出自己所需答案的時代，所以我覺得這種方式比較好。一篇篇累積下來，若是我心裡出現什麼像是答案的想法，也會想要寫出來。

我從失去親人和朋友的傷痛中慢慢站起來的模樣，雖然未經加工不似小說那般成熟，相對的卻多了一分生動眞實。但願能起墳塚一般的作用，讓有同樣遭遇的人能繼續往前走。

往生的人好像眞的會在升天之前回到家人身邊相見。

聽露娜的媽媽講，就在百日法事結束那一夜，笑得非常開心的露娜來到夢中，說：「我來看您。」

氣色非常好而且雙頰圓潤，媽媽忍不住讚美：「妳好漂亮啊！」露娜聽了之後說：「在這邊大家都對我很好，很開心，精神也很棒喔。今天稍晚要和大家一起去男鹿半島。」接著就離開了。我聽了不禁感到放心，而且露娜的媽媽心情似乎好了些，實在太好了。

我的母親也在三十五日左右出現在非常眞實的夢裡，父親則約爲十四天，我覺得前人之所以訂定那樣的日子可能有不容分說的理由。說不定那只是全人類相同的腦內結構所生的幻覺，但希望在天國的人個個都能無苦無憂的心情則毫無二致。

露娜的住家附近有條很棒很有活力的小商店街。年底我去那兒散了散步。不太能夠外出的她，可能每天都會過去走走吧，想到這個，心中就百感交集。也去搭乘露娜喜歡的水上巴士，眺望她所喜愛的市街。也去了最後碰面的飯店大廳。活著的人只能夠珍藏著回憶，繼續活下去。

威廉曾告訴我：「母親過世之後隨即登上了比父親高出許多的位置，父親訝異地說：唉呀呀，已經跑到那裡啦。」雖然死後的事情無從斷定眞僞，但熟悉那兩位個性的我卻因爲那模樣極其眞實地浮現在眼前，忍不住笑了出來。

非常忙碌的２０１３年已然開始。

我也一個月有一半的時間得爲了工作出國。

波瀾萬丈的一年所學，希望下回也能夠和大家一同來思考。

爲本書費心盡力的所有人、事務所的人員、新潮社的古浦郁先生，負責設計的望月玲子小姐和山西源一先生，非常感謝。下回也有勞照顧。

順便一提，以行動應用方式上架販售的「Banakobanashi」，我也挑選了若干篇附在後面，請各位享用。

２０１３年２月

吉本芭娜娜

Banakobanashi

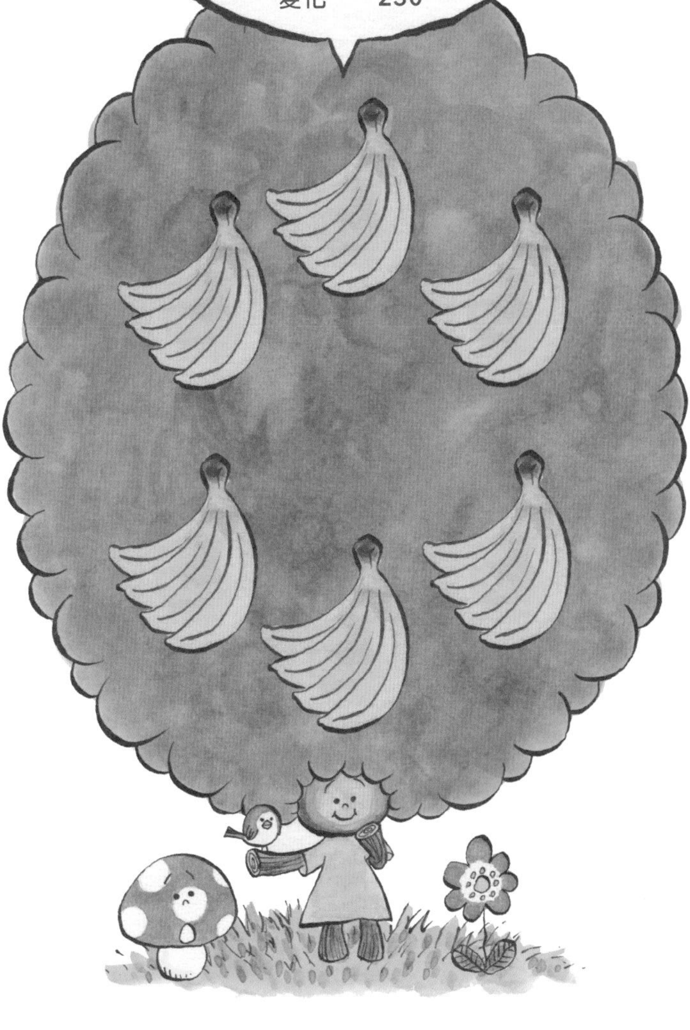

體貼的話語

體貼的話語該如何說出口才好呢？

如果認爲非得體貼不可，那就會變得勉強，不滿隨即開始堆積，使得情緒朝反方向爆發。

要停頓一下。

只須這樣，就會變得溫和、柔軟，召喚出適當的時機，以及獲得靈光一閃的機會。

那麼，我是在哪裡有此體會呢？在記憶中翻找，想起以前在咖啡廳打工，和小我好多歲的佳代輪班時的事情。佳代好像經歷過不少事情，之前也在不少地方打工過，就我來說甚至應該稱呼她爲人生經驗的前輩，可是因爲較晚進來，年紀又比較小，所以由我負責指導。

我是個直來直往的江戶之子，什麼事都直言不諱，不論講什麼都會變得像在罵人，感覺得出佳代每每都會畏縮。因爲畏縮，該學的一點也沒記住。

傷腦筋啊，我明明沒那個意思，想著想著，很容易就會生氣。

可是有一回，我看著佳代可愛的手、下巴的形狀、顯得成熟的眼睛，想到她以前吃過不少苦，實在令人憐惜啊，於是很自然地停頓一下，然後開口。

「喂，有客人，那個拿來！我送過去。」

原本都這麼說的我，那天，客人進來之後，我緩緩轉身，說道：

「可以幫忙準備濕巾嗎？我去倒水。」

以此爲開端，情況開始改善了。佳代不再畏縮，緩慢但確實地，領悟了現場的規則。

如今我依然非常感謝佳代。若不是那一瞬間的覺察，現在的我，可就沒辦法教育孩子啦。

正確

好友千穗去印度的孤兒院當志工，但經過種種考量之後又回來了。

雖然說一同度過了短暫的時光，可是我無法爲他們做什麼，也沒辦法在那裡住下來。能做的頂多就只有再過去那邊而已，再去看看他們，對他們來說，最難過的應該就是認爲妳再也不會去了。話說回來，其實日本也差不多，明明有錢的人那麼多，邊喝著茶邊聊著這些話題。

我家小不點在一旁聽著，邊喝果汁，邊用手機打電動。

然後說了。

「我問妳喔，好不容易和久別的朋友見面，怎麼一直談這麼不開心的事情呢？聊一點比較光明快樂的事情嘛。」

不曉得什麼是戰爭毫無危機意識，可以隨意吃點心，也得以受教育，隨時隨地都可以打電動，夜裡跟大人一起上咖啡廳喝飲料，這樣的孩子說出這樣的話，好像不大對吧，世界上有太多事情了，你都還不知道喔，不過會想這麼說也是人之常情。大人總會一再對孩子這麼說。彷彿無論如何世界都不會變得太好似的。

或許，雖然只是或許，全世界的人，在與久別的朋友見面時，聊的都是光明快樂的話題，或許世界會大大改變也不一定。

孩子，好像你說的才正確，我這麼覺得。

濕答答的女人

在遊樂園搭乘類似泛舟的遊具，一對二十來歲卿卿我我的情侶過來與我們同船。兩人都拎著路易・威登的包包，女方穿著搖曳生姿的洋裝。

這個遊樂設施，應該是會水花四濺吧，我邊想邊觀察，果不其然，來到急流轉彎處，水嘩啦濺了她一身。

而且，只要是這種時候，就是這種人會弄得最濕啊。其他人都不至於如此，只到會哈哈大笑的程度而已，唯獨她成了落湯雞，這可不是在開玩笑的。濕到頭髮會滴水，下襬一擰甚至也會出水，甚至連路易・威登包的顏色都變了。

她低聲對他嘀咕：

「我再也不要搭了，不搭了。」

他面露苦笑，我心裡則是大爆笑。因爲，事先沒想到可能會發生這種事情的人眞的很可笑啊，這可是順急流而下啊。

下船之後，她和他來到類似烘手機的設備（之所以會有這種東西，沒錯，因爲大家都可能會弄濕啊）前面，仍在吵嘴。雖然他一直面露苦笑，但似乎並不覺得這樣的女朋友有什麼不好，在藍藍的天空下，兩人雖然在吵嘴，但不知怎地看起來有種優閒的感覺。

因爲還年輕，很可能會分手吧，但或許已經和好的那兩人如今仍會那樣邊吵嘴，邊一同度過聖誕節和新年假期，搞不好他還會帶著苦笑求婚而後結婚，生兒育女，人類就是會那樣繼續下去，感覺非常愚蠢。大家都像這樣理所當然地不斷重複做著理所當然的事情。搭乘小船被淋濕，嘟嘴，和好。

雖然愚蠢，可是多麼可愛啊。這就是人類。竟然能憑著那點程度一路來到現在。

阿哲

已經再也見不到的阿哲出現在夢裡。
因爲關係並不是那麼親近，我覺得很不可思議。

阿哲一如往常，俐落地在店裡忙著。
靈活地運用他的長手長腳，非常用心地去收盤子，去送飲料。
夢中的我說，阿哲，你回來啦。
即使在夢中，阿哲還是說，不不，不是的，只有今天，雖然我很想回來，可是不行。

不行嗎？我心裡想。
夢中的照明比眞實的燈光更泛黃。而且很多東西都爲光所籠罩，看來朦朧地暈開。
阿哲看起來也爲光所籠罩。
但唯獨那雙眼睛，簡直就像是窗戶一樣，非常清楚。
就像是窗戶一樣，只能看見像是純白的雪景、連綿的山脈等等美得令人感傷的風景，那樣的窗戶。

每一天，經過店門口的時候，都會下意識地搜尋阿哲。

即使沒有任何人看著也會努力整理店的周邊，那揮汗的細長扁平身影，就和植栽串連而成的綠意、牆壁的暗沉、照在窗上的陽光一樣，都是市街的風景。令人喜愛，不可缺少的風景。

往後也會失去許多，又與許多邂逅吧。

反正都是在沒有阿哲的每一天裡。

我認爲，若是阿哲沒有那麼瘋狂地想要回來就好了。

僅僅這麼想，就不禁鼻酸。但願，他現在正在某處別的世界，打從心底感到快樂，一身帥氣地騎著摩托車，廣受女孩子歡迎，心裡想著：我以前到底在那種地方幹什麼啊，根本就一點也不想回去。

如果他能這麼想的話，不知有多好。

戀愛

我認爲，戀愛最重要的關鍵在於，會覺得現在這一刻對方應該也正想著自己。

在那個人的日常生活中，在不是與自己相處的各種時段，不論是與誰談話、不論是忙得團團轉、不論是在睡覺或者在吃飯，幾乎所有的時間，自己的聲音、笑容，和動作，就如同螢幕桌布一樣烙印在那個人思緒的背景上，能有這種把握的時候，人會覺得最煎熬。戀愛的力量會達到最大値。

「那個人，該不是喜歡我吧，而且是非常喜歡，深深著迷。」

如今依然像是有把握又好像沒把握，而且也知道彼此會像這樣隨時把對方放在心裡的時期並不會太長，戀愛就不會持久吧。

彼此確認過，接下來就是順水行舟了。

接著，那兩人結了婚，進而愈來愈相像，變得像是同一人的時候，不知不覺間又有一次魔法，互相成爲彼此的桌布。

雖然這次桌布的色彩要淡，卻比戀愛時安定許多。

大概，即使有一方去世都不會消失。這又是人類會使用的一大技能。

可是，戀愛的全盛期則是——

因爲過於喜歡而渾身不自在，想到一點小事就會失眠，可以像是眺望碧海、藍天，或是懷念的風景般一連幾小時看著對方熟睡的臉龐，僅僅因爲那個人好端端一呼一吸打著鼾就忍不住流淚，就連手肘的皺紋和膝蓋泛黑的皮膚都想要摸摸。

小時候，父母曾用那種眼神看著自己，任誰都會帶著這種令人懷念的記憶來到人生某一階段，然後陷入戀愛，用那種眼神看著對方也被對方看著，而後產生下一個世代，這或許是一種代代相傳的本能吧。

變化

潮溼、冬季乾燥、夏天需要半日照，原本生長在那些環境的植物，都漸漸枯萎了。

由於氣候異常，夏天太熱，冬天又一直下雨下個不停，因爲無法承受那負擔，就枯萎了。

熱帶植物變得能長了。因爲冬天變得沒有那麼冷，所以藤蔓蔓延，伸出刺，無止盡地迅速生長，像要覆蓋整間房子一樣迅速生長。

這種事，再加上其他種種，可能使人悲傷，也可能令人恐懼。以前是這樣，但往後會是如何呢？

可是，不論什麼時候，我都想看著現在。

我想要睜大雙眼，可以的話還要敞開心胸，去觀察於今發生在眼前的事情。直到死去的那一刻。畢竟我本來就是爲此而生的啊。

藍小說 828

這樣那樣生活的訣竅

作者—吉本芭娜娜
譯者—張致斌
主編—嘉世強
編輯—邱淑鈴
封面設計—くろご
執行企劃—張燕宜、石瓔寧
校對—邱淑鈴、張致斌

董事長—趙政岷
出版者—時報文化出版企業股份有限公司
108019台北市和平西路三段二四〇號四樓
發行專線—（〇二）二三〇六—六八四二
讀者服務專線—〇八〇〇—二三一—七〇五
（〇二）二三〇四—七一〇三
讀者服務傳真—（〇二）二三〇四—六八五八
郵撥—一九三四四七二四時報文化出版公司
信箱—10899臺北華江橋郵局第九九信箱

時報悅讀網—http://www.readingtimes.com.tw
電子郵件信箱—liter@readingtimes.com.tw
法律顧問—理律法律事務所 陳長文律師、李念祖律師
印刷—勁達印刷有限公司
初版一刷—二〇一五年七月二十四日
初版四刷—二〇二三年七月二十六日
定價—新台幣二八〇元
（缺頁或破損的書，請寄回更換）

時報文化出版公司成立於一九七五年，
並於一九九九年股票上櫃公開發行，於二〇〇八年脫離中時集團非屬旺中，
以「尊重智慧與創意的文化事業」為信念。

這樣那樣生活的訣竅 / 吉本芭娜娜著 ; 張致斌譯. -- 初版. -- 臺北市 :
時報文化, 2015.07
面 ;　公分. -- (藍小說 ; 828)

ISBN 978-957-13-6332-5(平裝)

861.67　　104012020

ISBN 978-957-13-6332-5
Printed in Taiwan